René Bote

Gina 3D

Bibliografische Information der Deutschen Nationalbibliothek:
Die Deutsche Nationalbibliothek verzeichnet diese
Publikation in der Deutschen Nationalbibliografie;
detaillierte bibliografische Daten sind im Internet
über http://dnb.dnb.de abrufbar.

Herstellung und Verlag: BoD – Books on Demand,
Norderstedt

ISBN: **978-3-7519-8205-4**

Wochenende! Es war Freitagabend, und Bastian kam gerade vom Handball-Training. Jetzt hatte er bis zum Spiel am Sonntagnachmittag keine Verpflichtungen mehr, jedenfalls keine, bei denen er sich an eine bestimmte Uhrzeit halten musste. Das bedeutete: viel Zeit, um das neue Computerspiel anzuspielen, das er schon am Anfang der Woche runtergeladen hatte.

Das Spiel hieß *Black Mountain – Black Wizard* und spielte in einer Fantasy-Umgebung. Eine junge Heldin musste vom Spieler durch eine Bergwelt geführt werden, Kämpfe bestehen und Fähigkeiten lernen, um am Ende einen bösen Zauberer aufzuhalten, der wie die meisten Fieslinge seiner Art nicht weniger wollte, als die Welt zu beherrschen.

Bastian machte sich etwas fertig, um nebenbei zu Abend zu essen, fuhr den Computer hoch und startete das Spiel. Das Startvideo übersprang er, er war eher der Typ Spieler, der sich direkt ins Geschehen stürzte. Was er wissen musste, um die Aufgaben zu meistern, erfuhr er so oder so, und die Intros waren doch alle irgendwie gleich, fand er.

Auch die Einführung sparte er sich, ein Level, das nur dazu diente, unerfahrene Spieler mit dem Spielprinzip und der Steuerung vertraut zu machen. Er hing zwar nicht Tag und Nacht vor dem Computer, spielte aber mehrfach die Woche für ein oder zwei Stunden, und das seit sechs oder sieben Jahren. Da er ziemlich auf das Genre festgelegt war, kannte er die Mechanismen, nach denen die Charaktere im Lauf des Spiels besser wurden, und die Steuerung hatte er sowieso für sich angepasst. Für ihn bestand die erste

Herausforderung darin, die Fähigkeiten seiner Figur richtig einsetzen zu lernen; mit welcher Taktik man die besten Wirkungstreffer erzielte und selbst möglichst wenig einsteckte, das variierte von Spiel zu Spiel.

***

„Nach rechts!", rief Gina in Gedanken. „Geh nach rechts!" Sie stand in einem Tal, das von hohen Bergen mit schroffen Wänden eingerahmt wurde. Durch die Talsohle schlängelte sich ein Fluss, begleitet von Wiesengelände und Büschen. Geradeaus schien es endlos weiterzugehen, und nichts deutete darauf hin, dass dort irgendwo eine Gefahr lauern könnte. Wer sollte also auf die Idee kommen, stattdessen nach einem Durchschlupf zwischen den Felsen zu suchen? Gina kannte jeden einzelnen Punkt in diesem Tal, und sie wusste, was passieren würde, wenn sie geradeaus weiterging. Aber sie hatte nicht das Sagen, und der, der bestimmte, wo es langging, war zum allerersten Mal hier. Sie wusste, dass er den versteckten Abzweig übersehen würde, weil er nicht danach suchte, weil er nicht einmal ahnte, dass hier schon ein Abzweig sein könnte. Ein paar Augenblicke später trabte sie an der Stelle vorbei, an der sie hätte abbiegen müssen, und sie wusste, dass sie nicht umkehren würde, ehe es zu spät war.

Eigentlich durfte sie das alles gar nicht wissen, und sie hätte nicht einmal wissen dürfen, dass sie es nicht wissen durfte. Aber das stand auf einem anderen

Blatt, und niemand ahnte, dass in ihr mehr vorging, als vielleicht gut für sie war.

***

Auf dem zweiten Bildschirm hatte Bastian eine Konsole laufen, in die er ab und an Befehle eintippte. Er war nämlich nicht nur ein passabler Spieler, auch wenn er mit den Vollprofis wohl doch nicht mithalten konnte, sondern auch ein begabter Hacker. Bei jedem Spiel, das er spielte, suchte er nach Lecks, nach Möglichkeiten, sich die Spielewelt noch weiter zu erschließen, als ihre Entwickler vorgesehen hatten.
Er wusste, dass das nicht ganz legal war, sagte sich aber, dass er keinen Schaden anrichtete. Er knackte den Code nicht, um ihn meistbietend zu verkaufen oder um damit selbst ein Spiel auf den Markt zu bringen, und er verschaffte sich nicht mal einen unsportlichen Vorteil, indem er seine Figuren schneller auflevelte, als das im normalen Spielgeschehen möglich gewesen wäre. Ihn reizte es einfach, die Möglichkeiten auszuloten, aber egal, was er herausfand, er behielt es immer für sich.

***

Gina hatte die Stelle, an der sie die Abzweigung wusste, schon ein gutes Stück hinter sich gelassen, als sie schräg vor sich ein Loch im Boden entdeckte. Wie konnte das sein? Wie oft war sie diesen Weg schon gegangen, und nie hatte er sich auch nur um ein Jota verändert. Und doch war da jetzt dieses Loch, das da eigentlich nicht sein durfte.

Sie konnte nicht einfach stehenbleiben oder gar den Weg ändern, aber aus den Augenwinkeln konnte sie hinschauen. Seltsam, offenbar war da nicht nur ein Loch in der Erde, irgendwas schien dahinter zu sein. Gina sah Licht, und als sie näher kam die Ecken von Möbeln. Ein Raum unter der Erde?

Ohne es recht zu merken, änderte Gina ihren Laufweg. Sie dachte nicht einmal daran, dass sie das eigentlich gar nicht konnte, wenn sie nicht ausdrücklich den Befehl dazu bekam. Sie hätte ja nicht einmal darüber nachdenken dürfen, wohin sie laufen wollte.

Ungläubig starrte sie in das Loch im Boden. Sie sah einen Tisch, an dem ein Junge saß, oder ein junger Mann, das konnte sie schwer einschätzen. Auf jeden Fall war er keine Armlänge entfernt, aber er schien sie nicht zu bemerken. Hinter ihm hing etwas an der Decke des Raumes, es schien eine Lampe zu sein, aber anders als die Talglichter, die sie kannte. Auch die Möbel an der Wand im Hintergrund wirkten anders, glatter, glänzender.

Plötzlich wusste sie, was sie vor sich hatte: die Außenwelt! Die Welt, von der sie nichts hätte ahnen dürfen. Die Welt, von der sie wusste, dass sie jenseits ihrer Welt existierte. Die Welt, in der ihr nicht jeder Schritt vorgegeben werden würde? Ohne weiter darüber nachzudenken, machte sie einen Schritt nach vorn und sprang in das Loch. Es ging abwärts, sie spürte einen heftigen Schlag gegen den Kopf, und dann wusste sie nichts mehr.

***

Irgendwas war passiert, aber Bastian wusste noch nicht genau, was. Er war in einem Forum, in dem Spiele-Hacker sich austauschten, auf einen Beitrag gestoßen, in dem ein anderer Hacker seinen vergeblichen Versuch beschrieb, die festgelegte Pfade in *Black Mountain – Black Wizard* zu verändern. Als Informatik-Student war er zwar erst im zweiten Semester, aber er programmierte schon seit der 5. Klasse, und er hatte sofort gesehen, was der Hacker aus dem Forum falsch gemacht hatte. Er hatte die Befehle in die Konsole kopiert, korrigiert und die Enter-Taste gedrückt, und jetzt schien das Spiel komplett aus dem Ruder zu laufen. Das Mädchen, das er durch die Gebirgswelt des Spiels steuerte, reagierte nicht mehr auf die Tastatureingaben, und in der Konsole ratterten kryptische Befehle und Statusnachrichten durch, viel zu schnell, als dass er sie hätte mitlesen können.

Wenige Augenblicke später begann der Lüfter auf Hochtouren zu drehen, ein Zeichen, dass der Computer komplett ausgelastet war. Dabei war der PC eine moderne und überaus gut ausgestattete Maschine, Bastian konnte sich das leisten, weil er neben dem Studium im Auftrag von Firmen spezielle Software entwickelte und gut dafür bezahlt wurde. Er wollte die Auslastung prüfen, schauen, welche Vorgänge den Rechner so ins Schwitzen brachten, aber jetzt reagierte nicht nur das Spiel nicht mehr, sondern das gesamte System.

Sorgen machte er sich deswegen nicht. Dass ein Spiel, das von Profis eines bekannten Herstellers entwickelt worden war, einen Fehler hatte, der gleich den ganzen Rechner lahmlegte, war zwar ungewöhnlich, kam aber ab und an vor, weil die Hersteller nicht jede denkbare Computer-Konfiguration testen konnten. Außerdem hatte er ja auch noch eingegriffen mit seinem Hack, vielleicht verkraftete die Engine das nicht. Aber davon würde der Rechner weder anfangen zu brennen, noch in die Luft fliegen; entweder bekrabbelte er sich wieder, oder er bekam einen harten Reset.

Bastian beschloss, ein paar Minuten zu warten, ob sich das System wieder fing. Er wollte aufstehen, um in der Zwischenzeit schnell aufs Klo zu gehen, aber er war noch nicht ganz auf den Füßen, als es neben ihm einen lauten Schlag tat. Gleichzeitig wurde der Monitor schwarz, und die kleine Lampe in der Ecke ging aus.

Stromausfall! Das war Bastians erster Gedanke. War gar nicht das Spiel oder der Hack schuld gewesen, dass der Rechner sich aufgehängt hatte? Hatte irgendwas den Geist aufgegeben und sich mit einem Kurzschluss als letztem Gruß verabschiedet, der die Sicherung hatte rausfliegen lassen? Das wäre verflixt ärgerlich gewesen, egal, ob es die Festplatte, die Hauptplatine oder die Grafikkarte getroffen hatte, denn er hatte ja gerade hochwertige und damit auch nicht ganz billige Komponenten verbaut, damit so etwas nicht passierte. Seine Daten sicherte er zum Glück regelmäßig, aber viel Lust auf den Aufwand, das System neu aufzusetzen und die Daten neu einzuspielen, hatte er trotzdem nicht.

„Cool bleiben!", rief er sich innerlich zur Ordnung. Und dann schön der Reihe nach, erst mal die Steckdosenleiste ausschalten, an der der PC hing. Wenn wirklich ein Kurzschluss im Gerät war, konnte er sonst ein lustiges Rein-Raus-Spiel mit der Sicherung spielen.

Doch seine Bewegung, sich zur Steckdosenleiste zu bücken, die unter dem Schreibtisch lag, verharrte im Ansatz. Als er sich auf dem Stuhl drehte, um sich nach unten beugen zu können, ohne sich den Kopf an der Tischplatte zu stoßen, kam eine Person in sein Blickfeld, die er nicht eingeladen hatte. Er pflegte keine Leute einzuladen, die er nicht kannte, und die sich auf dem Boden ausstreckten, statt sich ordentlich zu setzen.

Es war ein Mädchen oder eine junge Frau, irgendwo an der Grenze und damit vielleicht ein oder zwei Jahre jünger als er. Irgendwie kam ihm das Mädchen bekannt vor, aber er kam einfach nicht drauf, woher er es kannte. Es war schlank, hatte langes, dunkles Haar und ein ebenmäßiges Gesicht mit Augen, die sicherlich ausdrucksstark waren, wenn nicht die Leere einer Ohnmacht im Blick lag. Auffällig war auch seine Kleidung, die irgendwie aus der Zeit gefallen zu sein schien: Ein grobes Leinenhemd, das am Kragen statt Knöpfen Schnüre hatte, eine eng anliegende Hose aus geschnürtem Leder und Lederstiefel mit groben, unregelmäßigen Nähten.

Aber das alles waren Nebenschauplätze. Die wichtigste Frage, die Bastian beschäftigte, war die, woher dieses Mädchen überhaupt kam. Er bewohnte seine Zwei-Zimmer-Wohnung allein, und er hatte auch keinen Gast, der das Mädchen hätte hereinlassen können. Und wieso war es offensichtlich ohnmächtig?

Die erste Möglichkeit, die ihm einfiel, war, dass es schon unbemerkt neben ihm gestanden hatte, als der Rechner den Geist aufgegeben hatte, und von einem Stromschlag niedergestreckt worden war. Die zweite Idee war, dass es genau umgekehrt gewesen war, dass das Mädchen gestürzt war und dabei sowohl den Rechner, als auch sich selbst ausgeknockt hatte. Das erklärte zwar immer noch nicht, wie es in seine Wohnung gekommen war, aber das würde es ihm hoffentlich erklären können, wenn es wieder zu sich gekommen war.

Als er sich neben das Mädchen kniete, um den Puls zu fühlen, begann es sich zu regen. Erst war es nur eine leichte Bewegung der Hand, dann blinzelte sie, und schließlich schlug sie die Augen auf. Ein leises Stöhnen kam über ihre Lippen.

***

Gina wusste nicht, wie oft sie schon nach einem Schlag auf den Kopf wieder aufgewacht war. Es war jedes Mal ekelhaft gewesen, und das war es auch dieses Mal, aber anders ekelhaft und vor allem: Es ging nicht weg. Ihr Schädel dröhnte, und sie hatte Mühe, die Augen zu öffnen. Außerdem war da ein Gefühl im Bauch, das sie nicht kannte; sie konnte es nicht einmal beschreiben, wusste nur, dass es unangenehm war.

Das Erste, was sie sah, war ein Gesicht, das ihr Blickfeld fast komplett einnahm. Auch das war neu, sonst starrte sie immer in den immer gleichen Himmel. Aber war es nicht letzten Endes inmitten aller Unlogik logisch? Sie hatte sich den Kopf nicht in einer der Situationen angeschlagen, die sie zur Genüge kannte und vermieden hätte, wenn sie ihrem Willen hätte folgen können. Nun war sie zum ersten Mal ihrem eigenen Willen gefolgt, irgendwie musste das doch alles ändern – warum nicht auch die Art, wie sie wieder zu sich kam?

***

Bastian handelte automatisch. Er half dem Mädchen, sich aufzusetzen, und griff dann nach der Cola-Flasche auf seinem Schreibtisch. Dass er das Mädchen nicht kannte, dass er keine Ahnung hatte, wie es in seine Wohnung kam, das spielte keine Rolle, jetzt ging es erst mal darum, zu helfen. Dass es Durst hatte nach dem K.o., war eine instinktive Annahme, und tatsächlich nahm das Mädchen die Flasche.

Aber irgendwie musste es noch verwirrt sein, denn es versuchte, den Deckel abzuziehen, was bei einem Schraubverschluss natürlich nicht klappte, und wusste dann nicht weiter. Bastian half aus und hielt ihm dann die geöffnete Flasche wieder hin.

Das Mädchen nahm sie, trank einen Schluck und prustete dann entgeistert. Bastian, der davon völlig überrascht wurde, hatte keine Chance, auszuweichen, und wurde mit Cola gesprenkelt. „Der Saft ist verdorben!", sagte das Mädchen und stellte die Flasche auf den Boden. „Saft?", wunderte Bastian sich. „Das ist doch Cola, und sie ist ganz frisch!" Da war er sich ganz sicher, er hatte ja eben selbst noch davon getrunken. Außerdem kriegte man Cola ohnehin kaum kaputt, im schlimmsten Fall schmeckte sie fad, weil die Kohlensäure entwichen war.

„Was ist das für ein Saft?", wollte das Mädchen wissen. „Es sieht aus wie Schwarze Johannisbeere, so dunkel, aber es schmeckt nicht danach." „Kennst du keine Cola?", wunderte Bastian sich. Das konnte er sich kaum vorstellen, es gab doch keine Limo, die bekannter war!

Gleichzeitig wunderte er sich, wie er hier hocken und mit einem Mädchen, von dem er nicht wusste, wie es in sein Zimmer gekommen war, und das sich noch dazu übel den Kopf gestoßen haben musste, über Getränke diskutieren konnte.

„Co... was?", fragte das Mädchen, und das hörte sich nicht danach an, dass es sich einfach dumm stellte. Eine Amnesie, vielleicht infolge des Schlags gegen den Kopf? Aber konnte man einen Geschmack vergessen? Bastian hatte immer gedacht, dass Geruch und Geschmack das Gegenteil bewirkten, es hieß doch immer, dass sie halfen, Erinnerungen wiederzuholen.

„Okay", sagte er, nachdem er einen Moment überlegt hatte. „Anscheinend hast du noch Erinnerungslücken, weil du dir den Kopf gestoßen hast. Weißt du wenigstens noch, wie du heißt?"

Das Mädchen schaute ihn an, als hätte er etwas Unanständiges gesagt. „Natürlich weiß ich das!", versicherte es, fast schon empört. „Ich bin Gina." „Gina", wiederholte Bastian etwas überrascht. „Wie das Mädchen aus dem Computerspiel, das ich gerade gespielt habe." „Ich bin es doch!", antwortete das Mädchen. „Und du bist der, den ich gesehen habe, bevor ich in das Loch gesprungen bin."

Jetzt hatte sie Bastian komplett verloren. So, wie sie das sagte, hörte es sich so an, als wäre sie aus dem Computerspiel gekommen, aber das war natürlich ausgemachter Schwachsinn. Entweder war sie eine begnadete Schauspielerin und zog eine riesige Verlade auf, oder der Schlag gegen den Kopf hatte ihr Hirn ernsthaft durchgeschüttelt, sodass sie Realität und Erinnerungen an ein Spiel nicht mehr unterscheiden konnte. Irgendwie klang das eine wie das andere unglaublich, aber es war als Erklärung immer noch glaubwürdiger als dass eine Spielfigur, die nur durch das Rendering des Computers sichtbar wurde, aus dem Spiel entwich und zu echtem Leben erwachte.

„Du bist also aus dem Spiel gesprungen?", hakte er nach, und Gina nickte. Das war allerdings keine gute Idee, denn sie begann zu würgen. Gehirnerschütterung, diagnostizierte Bastian. Er hatte wenig Ahnung von Medizin, aber dass Menschen kotzen mussten, wenn sie eine Gehirnerschütterung erlitten hatten, das hatte er schon öfter gehört. Eigentlich bestätigte das Würgen nur, was er sich eh schon gedacht hatte, denn wenn Gina – oder wie auch immer sie wirklich hieß – bewusstlos gewesen war, dann musste sie sich tatsächlich heftig den Kopf gestoßen haben.

„Pass auf!", warnte er Gina, „Übernimm dich nicht!"
„Ich weiß auch nicht, was los ist", bekannte Gina.
„Sonst ist das anders, wenn ich einen Schlag an den Kopf bekomme. Es tut weh, aber nur bis zum Respawn. Kommt der noch?" Bastian schüttelte den Kopf. „Nein", sagte er, „so etwas gibt's im echten Leben nicht." Hatte er ihre Erklärung, woher sie kam, damit akzeptiert? Er wusste es nicht. „Du musst warten, bis es heilt, das kann ein paar Tage dauern." „So lange?" Gina sah ihn aus großen Augen an. „Aber... Und was ist das überhaupt für ein Gefühl? Es ist hier", sie legte die Hand auf ihren Bauch, „mal stärker, mal schwächer, aber immer da, und es ist unangenehm." „Das nennt man Übelkeit", antwortete Bastian. „Sie kann von verschiedenen Sachen kommen. Wenn jemand eine Gehirnerschütterung hat, also wenn er sich stark den Kopf gestoßen hat, dann hat er das oft, aber auch, wenn man was Falsches isst." „War es dann doch...?" Gina zeigte auf die Flasche. „Bestimmt nicht", versicherte Bastian. „Die Cola ist längst noch nicht abgelaufen." Er unterbrach sich, weil ihm auffiel, dass er schon wieder einen Begriff verwendet hatte, den Gina nicht kennen konnte, wenn sie tatsächlich aus dem Spiel gekommen war. Er nahm die Flasche in die Hand und zeigte auf das Mindesthaltbarkeitsdatum. „Hier, schau!", forderte er Gina auf. „Das ist das Datum, bis zu dem die Cola mindestens gut sein muss. Das ist hier Gesetz, dass das auf der Packung von jedem Lebensmittel stehen muss." Er nannte das aktuelle Datum. „Sie muss also noch mindestens ein

halbes Jahr halten, und ich habe sie eben erst aufgemacht."

Gina dachte gerade noch rechtzeitig daran, dass Nicken wahrscheinlich genau die gleichen Auswirkungen gehabt hätte wie Kopfschütteln. „Verstehe", sagte sie stattdessen.

Für einen Moment fiel dann keinem von beiden mehr etwas ein. Dann dachte sich Bastian, dass es für Gina vielleicht nicht sehr angenehm war, auf dem Boden zu liegen, und er ihr vielleicht mal aufhelfen sollte. Vielleicht wurde das auch von seinen Beinen angestoßen, denn die fanden die augenblickliche Hockhaltung allmählich nicht mehr witzig.

Er stellte sich wieder auf die Füße und hielt ihr die Hand hin. „Komm, ich helfe dir hoch!", sagte er. „Aber vorsichtig. Wenn du zu schnell aufstehst, dann wird's schlimmer mit deinem Kopf."

***

Verwirrt ließ Gina sich auf die Füße helfen und setzte sich auf das Bett. Der Junge oder junge Mann, der ihr aufhalf, war derselbe, den sie durch das Loch in ihrer Welt gesehen hatte. Die Flucht war ihr offenbar gelungen, aber zum ersten Mal zweifelte sie, ob das gut gewesen war. Die Außenwelt schien fürchterlich kompliziert zu sein, und im Augenblick fühlte sie sich ganz mies. In ihrer Welt hatten die Verletzungen auch wehgetan, wenn sie im Kampf hatte einstecken müssen oder in eine Falle geraten war, aber das hatte nie lange angehalten. Jetzt hatte sie sich zum ersten Mal in der Außenwelt den Kopf gestoßen, und das war nicht nur viel unangenehmer, es hielt auch noch länger an.

Aber der Junge hatte auch gesagt, dass es vergehen würde, und er schien bereit zu sein, ihr zu helfen. Wahrscheinlich würde sie viel lernen müssen, schon die ersten Erfahrungen zeigten, dass die Außenwelt ganz anders war als die Welt, die sie kannte, aber wenn sie hier leben konnte, ohne ständig darunter zu leiden, dass die, die ihr Leben bestimmten, keine Ahnung hatten, was sie erwartete, dann war es das wert.

***

„Erzähl mir doch mal, wie du aus dem Spiel rausgekommen sein sollst", bat Bastian seine ungewöhnliche Besucherin. „Ich meine, eigentlich ist das unmöglich." „Ich weiß es auch nicht so genau", musste Gina zugeben. „Sie müssen einen Fehler gemacht haben, als sie mich programmiert haben. Eigentlich hätte ich gar nicht wissen dürfen, dass es eine Außenwelt gibt, dass ich eine Spielfigur bin, die von dort gesteuert wird, und dass alles, was ich mache, vorbestimmte Handlungen sind, die für mich festgelegt wurden. Ich dürfte eigentlich gar nicht denken." Das war logisch, schließlich waren die Avatare in Computerspielen nichts weiter als eine Sammlung von Anweisungen, die dem Computer sagten, wie er abhängig von den Eingaben der Spieler die Charaktere darstellen sollte.

Aber das erklärte nicht, warum Gina denken konnte. Zwar schritt die Entwicklung künstlicher Intelligenz schnell voran, und mittlerweile gab es unglaublich lernfähige Algorithmen, aber Ginas Denkvermögen ging weit über alles hinaus, was Bastian in der Hinsicht gehört hatte. Vor allem war sie sich ihrer eigenen Existenz bewusst, das war etwas, was selbst Menschen erst lernen mussten und Computer wohl niemals schaffen würden.

„Ich wusste natürlich auch, welche Wege richtig sind und wo es gefährlich wird", berichtete Gina weiter. „Aber ich konnte nichts machen, wenn der Spieler etwas anderes befohlen hat. Ich konnte mich nicht widersetzen, und ich konnte auch kein Zeichen geben. Das war schrecklich."

Das konnte Bastian sich lebhaft vorstellen. Er hätte sich schließlich genauso beschissen gefühlt, wenn er genau wusste, er würde gleich fürchterlich aufs Haupt kriegen, und es nicht verhindern konnte. Und das dann noch immer und immer wieder zu erleben – es war schlicht nicht vorstellbar, was Gina durchgemacht hatte.

„Aber eben war da plötzlich ein Loch im Boden", fuhr Gina fort. „Es war nicht direkt an dem Weg, den ich gehen sollte, aber ich konnte darauf zugehen, ich weiß nicht, warum. Ich habe reingeguckt und diesen Raum gesehen, und dich natürlich. Ich wusste, das muss die Außenwelt sein, die, die meine Welt erfunden hat, und dann bin ich einfach gesprungen."

Bastian überlegte. „Kann sein, dass ich daran schuld bin", sagte er dann. „Eigentlich sogar wahrscheinlich, weil du bei mir gelandet bist, und nicht bei irgendwem anders." Gina sagte nichts, schaute ihn nur fragend an. „Manche Leute machen sich einen

Spaß daraus, auszuprobieren, ob sie die Spiele irgendwie manipulieren können", erklärte Bastian. „Das sind ganz verschiedene Sachen: Gucken, ob man was hinkriegt, dass die Figuren mehr aushalten, dass sie besser kämpfen, oder dass die Gegner bessere Drops fallenlassen. Oder ob es irgendwelche Abkürzungen gibt, die die Entwickler nicht geplant haben." „Ist das nicht verboten?", wunderte sich Gina. „Eigentlich schon", gab Bastian zu. „Aber solange es nur zum Spaß gemacht wird, kümmern die, die die Spiele verkaufen, sich nicht darum. Erst wenn jemand versucht, damit Geld zu verdienen, dann gibt es richtig Ärger." „Du hast es nur zum Spaß gemacht?", vergewisserte sich Gina, und Bastian nickte. „Ich hatte gerade etwas ausprobiert, das kam eigentlich von jemand anderem, aber er hatte es nicht hinge-kriegt, und ich habe dann den Fehler korrigiert und es selbst ausprobiert." Er zuckte mit den Schultern. „Vielleicht habe ich wirklich damit dieses Loch geöffnet. Eigentlich wollte ich gucken, ob man dich irgendwo durch die Berge laufen lassen kann, wo eigentlich kein Weg ist."

***

Da Gina im Moment nicht so wirkte, als müsste sie dringend zum Arzt, kümmerte Bastian sich erst mal um die Sicherung. Offensichtlich hatte Ginas Flucht aus dem Spiel nur kurzfristig für eine Über- oder Unterspannung gesorgt, die außerhalb des Toleranz-bereichs lag, denn die Sicherung ließ sich anstandslos wieder einschalten und flog auch nicht wieder raus, als Bastian erst die Steckdosenleiste und dann den PC einschaltete. Auf dem Bildschirm erschienen die üblichen Anzeigen, das, was immer zu sehen war, während der Rechner hochfuhr, und dann die Login-Maske des Betriebssystems. Bastian gab sein Passwort ein und startete dann das Spiel.

Zunächst sah alles ganz normal aus, doch dann verschwand das Bild, das während des Ladens angezeigt wurde, und machte einer nüchternen Fehlermeldung Platz. Die Meldung war ausgesprochen nichtssagend, aber Bastian war ja vom Fach und kannte Stellen, an denen er hoffen durfte, genauere Informationen zu finden. Es dauerte nicht einmal lange, bis er in einem Logeintrag den Hinweis fand, eine Klasse namens *Gina* wäre nicht gefunden worden. Dass das der Codeabschnitt war, in dem die Figur definiert war, die der Spieler durch die Level führen sollte, lag auf der Hand.

Bastian ließ die Fehlermeldung durch die Suchmaschine laufen und wurde mit Treffern zugeschüttet. Wie es aussah, war das Spiel nicht nur bei ihm abgestürzt und ließ sich nicht mehr starten – weltweit schrieben Gamer im Supportforum des Spieleherstellers und etlichen anderen Foren, in denen Spieler sich austauschten, dass *Black Mountain – Black Wizard* nach einem Crash nicht mehr zum Laufen zu bringen war. Die Ersten hatten auch schon festgestellt, dass es nicht half, das Spiel zu deinstallieren und neu vom Server des Herstellers herunterzuladen, denn auch der Download brach mit einer Fehlermeldung ab. Offenbar war der Code, der Gina definierte, auch aus den Download-Paketen verschwunden, und die Verweise darauf, die jetzt ins Leere liefen, ließen den Vorgang in sich zusammenbrechen.

Um der Sache weiter auf den Grund zu gehen, tat Bastian etwas, was er so noch nie versucht hatte, und was der Hersteller des Spiels auch ausdrücklich verbot: Er versuchte, den kompilierten, also für den Computer aufbereiteten Code in eine menschenlesbare Form zurückzuverwandeln. Das dauerte eine Weile und gelang auch nicht komplett, aber das Ergebnis war eindeutig: Der gesamte Code, der Gina definierte, war verschwunden. Dass es ihn gegeben hatte, bewiesen zahlreiche Verweise, die jetzt alle kein Ziel mehr fanden und damit für die Abstürze sorgten.

„Okay", sagte er schließlich. „Ich verstehe zwar nicht, wie das passieren konnte, aber du bist komplett aus dem Spiel verschwunden, und zwar auf der ganzen Welt." „Ist doch klar", behauptete Gina. „Schließlich bin ich jetzt hier." „Eigentlich müsste es Tausende Ginas geben", gab Bastian zu bedenken. „Schließlich hat jeder, der das Spiel gekauft hat, eine Kopie des Codes bekommen, und damit eine Kopie von dir. Aber sie sind alle weg."

Natürlich hatte er auch den Code geprüft, mit dem er versucht hatte, das Spiel zu manipulieren, aber der war in jeder Hinsicht unauffällig. Es waren ganz normale Befehle, die bestimmte Einstellungen des Spiels beeinflussen sollten, an die man normalerweise von außen nicht drankam. Aber wenn Bastian die Sache richtig überblickte, dann war das, was er da eingegeben hatte, auch nur der letzte Schritt eines Vorgangs gewesen, der viel früher begonnen hatte, nämlich da, wo Gina angefangen hatte, zu denken. Sein Code hatte ihr lediglich den Fluchtweg geöffnet, einerseits, indem er ihr offenbar erlaubt hatte, sich von den Befehlen zu lösen, die sie bekam, und andererseits durch das Loch, durch das sie in die reale Welt gesprungen war.

***

Wie es jetzt weitergehen sollte, war Bastian schleierhaft. Sicher war nur, dass er die Verantwortung für Gina hatte, denn sie hatte in dieser Welt niemanden, zu dem sie gehen konnte. Dazu kam, dass in diesem Land letzten Endes nichts ohne irgendwelche Papiere funktionierte, und für die Behörden war Gina schlicht nicht existent. Es gab keinen Eintrag im Melderegister, keine Geburtsurkunde, und niemand konnte bezeugen, wer sie war. Wer war sie denn überhaupt? Sie hatte einen Vornamen und einen dünnen Hintergrund, den die Macher des Spiels, aus dem sie stammte, ihr angedichtet hatten, aber nichts, was in dieser Welt, die sie Außenwelt nannte, irgendwas wert war.

Bastian hatte von Menschen gehört, die irgendwo aufgetaucht waren und nicht hatten identifiziert werden können. Bei manchen war es nie gelungen, ihre wahre Identität herauszufinden, wie beim Somerton-Mann, der vor vielen Jahren an einem Strand in Australien gefunden worden war, allerdings vor allem deshalb keine Auskunft mehr hatte geben können, weil er tot gewesen war. Andere waren nach

Tagen, Wochen oder Monaten doch irgendwie identifiziert worden, aber das war für die Betroffenen sicherlich fürchterlich anstrengend gewesen mit all den Befragungen und Untersuchungen.

Bastian befürchtete, dass Gina am Ende nicht drumherum kommen würde, sich dieser Prozedur zu stellen, und er würde ihr dabei nicht viel helfen können. Sicherlich würde die Polizei ihn befragen, weil er für die Behörden nun mal der erste Mensch war, der nachweislich mit ihr Kontakt gehabt hatte, aber was sollte er da groß erzählen, um Gina zu unterstützen? Er würde schon aufpassen müssen, dass er sich selbst nicht verdächtig machte, vor allem, weil er irgendwie würde plausibel machen müssen, dass sie von außen in die Wohnung gekommen war. Ein Glück, dass die Wohnung im Erdgeschoss lag! An der Tür würden die Spurensicherer natürlich keinen Hinweis auf ein gewaltsames Eindringen finden, und ob sie ihm glauben würden, dass er die Tür nicht richtig ins Schloss gedrückt hatte, als er nach Hause gekommen war, bezweifelte er. Aber dass er gelüftet hatte, war glaubhaft, und das Fenster lag nicht zu hoch, dass eine normal sportliche Jugendliche hineinklettern konnte. Weil es zum Hof rausging, würde sich auch niemand darüber wundern, dass es keine Zeugen für das Einsteigen gab, und in die Einfahrt konnte Gina auch unbemerkt geschlüpft sein. Gina konnte nichts Gegenteiliges erzählen, denn die Wahrheit würde ihr ohnehin niemand glauben. Irgendwann würde den Ärzten, die sie untersuchten, nichts anderes übrig bleiben, als ihr eine Amnesie zu bescheinigen und darauf zu hoffen, dass die Erinnerung – die „echte" – irgendwann zurückkehren würde. Ihre Version der Ereignisse würde man als Fehlverkettung in ihrem Gedächtnis erklären, entstanden dadurch, dass Bastian und das Spiel auf seinem PC das Letzte gewesen sein mussten, was sie gesehen hatte, ehe sie gestürzt war.

Eigentlich hätte Bastian Gina sofort zu einem Arzt bringen und die Polizei verständigen müssen. Wahrscheinlich war er sogar gesetzlich dazu verpflichtet, aber irgendwas in ihm sträubte sich dagegen, Gina gleich den Behörden auszuliefern. Er überlegte, ob er es wagen konnte, das noch zu verschieben, und beschloss, bis zum nächsten Morgen zu warten. Dann würde Gina wenigstens ein bisschen Zeit haben, sich an die Welt zu gewöhnen, in die sie kopfüber gesprungen war, und er konnte sie vorsichtig darauf vorbereiten, was sie erwartete, bis die Behörden endlich einsahen, dass sie ihre Identität nicht würden klären können. Sollte jemand versuchen, ihm daraus einen Strick zu drehen, dann würde er sich schon rausreden. Er hatte eben gedacht, dass Gina ihr Gedächtnis vielleicht wiederfinden würde, wenn sie sich eine Weile ausruhte, und ansonsten keinen Grund gesehen, sie zum Arzt zu bringen. Dass er es besser hätte wissen müssen, konnten Polizei und Ämter wohl vermuten, aber nicht beweisen, denn seine medizinischen Kenntnisse beschränkten sich auf Allgemeinwissen und den Crashkurs in Erster Hilfe, den er für den Führerschein hatte machen müssen. Dass Gina keinen zusätzlichen Schaden nehmen würde, wenn sie nicht sofort zum Arzt kam, sah er tatsächlich so, sie hatte eine kleine Beule an der Stirn, so verdeckt von den Haaren, dass sie nicht mal sofort auffiel, und sonst nichts. Ein Arzt hätte seiner Meinung nach auch nur Schonung, vielleicht Bettruhe verordnet, und die konnte Gina auch bei ihm bekommen.

***

Gina war immer noch verwirrt, und die Kopfschmerzen machten, auch wenn sie zum Glück erträglich waren, das Denken nicht einfacher. Aber wahrscheinlich war es normal, dass sie nicht alles verstand, was sie sah, schließlich war sie in einer völlig neuen Welt gelandet, die kein Bewohner ihrer Welt je betreten hatte. Weil es schon ein Programmierfehler gewesen sein musste, dass sie überhaupt denken konnte, hatte sie natürlich auch nicht rausfinden können, wie die Außenwelt aussah; ihr war aber klar gewesen, dass dort viele Erfindungen gemacht worden sein mussten, von denen sie keine Ahnung hatte, wenn es möglich gewesen war, sie und ihre Welt zu schaffen. Da war zum Beispiel dieses merkwürdige Zeug auf dem Tisch: ein hoher und breiter, aber nicht sehr tiefer Kasten, auf dessen Vorderseite das Aussehen immer wechselte, davor ein Brett mit allen Buchstaben des Alphabets und noch anderen Zeichen, auf das der Junge immer wieder drückte, und unter dem Tisch noch ein Kasten mit kleinen Lichtern, der leise summte. War das das Gerät, mit dem Bastian und all die anderen Menschen spielten, mit dem sie in ihre Welt schauten und befahlen, was sie zu tun hatte?

Was der Junge – Gina fiel auf, dass er sie zwar nach ihrem Namen gefragt, sich selbst aber noch nicht vorgestellt hatte – an diesem Gerät machte, verstand sie nicht genau. Dafür fehlte ihr einfach der Einblick in die Technik, die es in der Außenwelt gab, sie begriff nur, dass er versuchte, herauszufinden, was eigentlich passiert war. Das Ergebnis war Erleichterung und Schock zugleich: Einerseits war ihr offenbar wirklich die Flucht aus dem Spiel gelungen, und es gab keine Verbindung mehr in die Welt, aus der sie gekommen war, aber andererseits hatte sie dabei in der Außenwelt ein riesiges Chaos angerichtet, wenn sie den Jungen richtig verstand.

„Halb so wild", beruhigte der sie. „Was dir passiert ist, ist nach allen wissenschaftlichen Erkenntnissen vollkommen unmöglich. Also werden sie nach einem Fehler im Programm suchen, irgendwann feststellen, dass sie nicht weiterkommen, und die Suche aufgeben. Dann behauptet die Firma, die das Spiel gemacht hat, dass ein Krimineller sich in ihr Netzwerk gehackt haben muss, und manche andere Leute denken, dass die Firma sich das selbst ausgedacht hat, damit alle über das Spiel reden. In ein paar Tagen gibt's einen Patch mit einer neuen Spielfigur, und danach kräht kein Hahn mehr danach."

Gina war sich nicht sicher, ob sie alles richtig verstanden hatte, aber es hieß wohl, dass sie nicht befürchten musste, eingefangen und wieder ins Spiel gesperrt zu werden.

„Nein, das machen sie ganz sicher nicht", versicherte der Junge ihr. „Erstens würde eh niemand glauben, dass du aus dem Spiel kommst, und dass deshalb das

Spiel nicht mehr funktioniert, und zweitens gibt es überhaupt keine Möglichkeit, dich wieder ins Spiel zu bringen."

***

Vorsichtig versuchte Bastian Gina beizubringen, worauf sie sich in den nächsten Tagen und Wochen einstellen musste. „Das wird wahrscheinlich ziemlich stressig für dich", prophezeite er. „Ich versuche, dir zu helfen, aber ich weiß nicht, ob sie mich lassen. Wahrscheinlich kriegst du erst mal einen Vormund, das ist jemand, der auf Menschen aufpasst, die das selbst nicht können.

Gina wollte protestieren – bewies nicht schon ihr Ausbruch aus dem Spiel, dass sie selbst auf sich aufpassen konnte? Bastian lächelte. „Ich weiß, was du sagen willst", sagte er. „Aber in dieser Welt gibt es nichts, wo es nicht mindestens ein halbes Dutzend Gesetze zu gibt. Du kannst keinen vollständigen Namen angeben, kein Alter, kannst nicht sagen, wo du herkommst." Er zuckte mit den Schultern. „Jedenfalls nichts, was sie glauben würden. Sie müssen einfach davon ausgehen, dass du dich hier nicht zurechtfinden würdest. Und um ganz ehrlich zu sein: Ganz allein schaffst du es wirklich nicht. Vieles ist so anders als im Spiel, allein schon, dass du nicht einfach im Wald Beeren suchen oder eine Kaninchenfalle aufstellen kannst, um etwas zu essen zu haben."

Er stutzte kurz und wusste selbst nicht, warum. Dann wurde ihm klar, dass er sich gerade ein Stichwort gegeben hatte – auch wenn Gina aus einem Konstrukt von Bits und Bytes entstanden war, schien aus ihr tatsächlich ein Mensch aus Fleisch und Blut geworden zu sein, und als solcher musste sie doch auch körperliche Bedürfnisse haben. Ihm fiel ein, dass sie auch im Spiel so programmiert gewesen war, dass sie essen und trinken musste, also musste sie jetzt erst recht irgendwann Hunger haben. Oder verhinderten das noch die Nachwirkungen des Sturzes?

„Hast du Hunger?", fragte er seine ungewöhnliche Besucherin. „Ich hab zwar schon gegessen, aber ich könnte trotzdem noch was für dich machen." Gina überlegte kurz und nickte dann. „Ich glaube, das wäre gut", sagte sie. „Dann komm mit nach drüben", forderte Bastian sie auf. Erst danach fiel ihm ein, dass es vielleicht besser war, wenn sie sitzen blieb, aber Gina stemmte sich ohne erkennbare Mühe vom Bett hoch und folgte ihm nach nebenan in den Wohnraum, in dem auch die Küchenzeile stand. Dort schaute sie sich staunend um – klar, das sah alles ganz anders aus als das Innere der Häuser und Hütten, die sie aus dem Spiel kannte. *Black Mountain – Black Wizard* spielte in einer erdachten Welt, deren technische und soziale Gegebenheiten ans europäische Mittelalter angelehnt waren. Dort kochten die Leute über dem offenen Feuer oder dem Holzherd, und das Wasser kam aus einem Bach oder Brunnen. Bastians Küche war zwar auch nicht die allermodernste, aber so neu, dass sie über Strom und fließendes Wasser verfügte, natürlich schon.

Bastian ließ Wasser aus dem Hahn in einen Topf laufen und erklärte Gina dabei, wie das in dieser Welt funktionierte. Gleichzeitig warnte er sie davor, aus Bächen zu trinken, denn diese Gefahr konnte sie aus dem Spiel nicht kennen. Dass Wasser aus Bächen oder Flüssen krank machen konnte, das hatte es natürlich auch mit Mittelalter schon gegeben, aber das hatten die Macher des Spiels nicht berücksichtigt, auch wenn sie versucht hatten, die damaligen Gegebenheiten detailliert in die Spielwelt zu übernehmen. Irgendwo musste man bei der Detailtiefe einfach Abstriche machen, sonst wurde der Entwicklungsaufwand zu groß, und wenn das Spiel zu komplex wurde, verlor man irgendwann auch die Spieler.

Gina versprach, sich die Warnung zu merken. „Aber das Wasser aus diesem... Hahn? kann man trinken?", vergewisserte sie sich. „Hier in diesem Land ja", antwortete Bastian. Und gleich die nächste Erklärung! Von den geografischen, politischen und sozialen Gegebenheit in der Welt außerhalb ihres Spiels wusste Gina ja auch nichts. Aber da reichte fürs Erste ein ganz grober Abriss, denn so schnell würde sie Deutschland ohnehin nicht verlassen. Wie sollte sie auch? Sie hatte ja kein Geld und keine Papiere, und auch kein Ziel, das sie interessieren konnte. Dass sie von den Behörden abgeschoben werden würde, war ausgeschlossen, denn dafür hätte es ein „Herkunftsland" gebraucht, das sie als Staatsbürgerin akzeptierte.

✳✳✳

Für Gina war es ein kleines Wunder, was der Junge da in der Ecke machte, die er als Küche eingerichtet hatte. Dabei betonte er, dass es nur ein ganz einfaches Essen wäre, Nudeln mit Thunfisch-Sahnesoße nannte er es. Und dafür musste er nicht einmal Feuer machen! Er drehte einfach an etwas, das rund war und vorne in der Wand des Herdes steckte, und die runde Platte, auf der der Topf stand, wurde einfach heiß. Als „Strom" bezeichnete er das, was das machte, aber das hatte nichts mit einem reißenden Fluss zu tun. Viele Geräte funktionierten damit, und bei manchen, die der Junge ihr zeigte, hätte sie ohne Erklärung nicht einmal raten können, wozu sie gut waren. Selbst das Gerät, mit dem er sie im Spiel gesteuert hatte, wurde davon angetrieben.

Es dauerte nicht sehr lange, bis das Essen fertig war. Gina probierte erst nur ganz vorsichtig, weil sie keine Ahnung hatte, was sie erwartete. Fisch kannte sie, aber nicht so wie hier, zerkleinert und verpackt in einem kleinen Gefäß aus dünnem Metall, und Nudeln waren ihr völlig neu. Aber sie schmeckten gut, und sie machten richtig satt.

Nach dem Essen fand sie auch endlich den Mut, den Jungen nach seinem Namen zu fragen, Bastian hieß er. 18 Jahre war er alt, und er lernte gerade den Beruf, in dem man solche Spiele machte wie das, aus dem Gina stammte. Er lernte auch noch viele andere Dinge zu machen dabei, aber das verstand Gina nicht alles. Was sie verstand, war, dass er schon genug gelernt hatte, um Aufträge anzunehmen, die so gut bezahlt wurden, dass er davon leben konnte.

***

Die letzte halbe Stunde vor dem Zubettgehen wurde ziemlich anstrengend für Bastian. Es war nicht so, dass Gina sich sträubte oder ihm unnötig viel Arbeit machte, aber dadurch, dass sie selbst manche banalen Dinge wie Körperpflege nicht kannte, wurde es für ihn zu einem Balanceakt, ihr das alles begreiflich zu machen, ohne Grenzen zu überschreiten. Dass Gina diese Grenzen nicht kannte, weil sie im Spiel nicht vorgekommen waren, machte es auch nicht gerade leichter und zusätzliche Erklärungen erforderlich.

Es fing damit an, dass Gina irgendwann erst leichte, dann stärker werdende Schmerzen unten im Bauch verspürte, und Bastian brauchte eine Weile, um zu begreifen, dass sie schlicht und ergreifend mal aufs Klo musste. Dass sie essen und trinken musste, kannte sie aus dem Spiel, das hatten die Entwickler eingebaut, weil es das Spiel realistischer machte, wenn die Spielfigur Nachschub brauchte, um nicht schlappzumachen. Dass alles, was oben eingefüllt wurde, irgendwann auch wieder rausmusste, hatten sie allerdings unterschlagen, deshalb kannte Gina das Gefühl nicht und wusste nicht, wie sie damit umgehen sollte. Bastian blieb nichts anderes übrig, als sie aufs Klo zu begleiten, und das war ihm unangenehm. Er tröstete sich mit dem Gedanken, dass es schlimmer hätte kommen können; immerhin konnte Gina sich selbst saubermachen und brauchte keine Windel.

Das Duschen war etwas einfacher, da konnte er rausgehen, nachdem er Gina alles gezeigt hatte. Gina fand es merkwürdig, sich unter das fließende Wasser zu stellen, um sauber zu werden, auch das war im Spiel kein Thema gewesen, genauso wenig wie Bakterien, Ungeziefer und Schweißgeruch. Zum Glück hatte sie nichts davon aus der künstlichen Welt mitgebracht, aber wenn sich mit dem Sprung in die echte Welt Körperfunktionen wie Verdauung eingestellt hatten, dann würde sie auch schwitzen, und ihre Klamotten würden auch nicht ewig sauber bleiben.

Für die Nacht überließ Bastian Gina sein Bett und schlief selbst auf der Couch. Gina wunderte sich auch darüber, denn in der Welt, aus der sie kam, war es üblich gewesen, dass mehrere Menschen sich ein Bett teilten, aber sie verstand, dass das in dieser Welt zumindest dort, wo sie gelandet war, eben nicht der Standard war.

***

Nach draußen hatten sie es am Abend irgendwie nicht mehr geschafft. Bastian hatte davon gesprochen, aber dann war doch keine Zeit mehr dafür gewesen, und Gina war auch zu müde gewesen. Es war einfach schon im Haus so viel Neues auf sie eingeprasselt, sie wusste nicht, ob sie das, was draußen noch auf sie wartete, überhaupt noch verkraftet hätte. Auf der anderen Seite war sie aber neugierig, denn wenn im Haus schon so viel so anders war als die Welt, in die sie hineinprogrammiert worden war, wie viel musste es dann draußen zu entdecken geben? Solange Bastian dabei war, hatte sie auch keine Angst davor, sie vertraute ihm, ohne zu wissen, warum, und er warnte sie immer rechtzeitig, wenn sie auf etwas stieß, dem sie besser mit Vorsicht begegnen sollte.

✳✳✳

Bastian wusste gar nicht so genau, an wen man sich wenden musste, wenn einem plötzlich ein Fremder ins Zimmer stolperte und sich dabei so den Kopf stieß, dass er selbst nicht mehr wusste, ob er Besucher oder Dieb war. Aber wahrscheinlich war so oder so die Polizei der richtige Ansprechpartner, zumindest würde da jemand wissen, wer zuständig war.

Bevor er das Präsidium anrief, wollte er aber noch wissen, wie die Lage in der Spiele-Community aussah. Das Spiel konnte er nach wie vor nicht zum Laufen bringen, wie am Abend zuvor bekam er kurz nach dem Start die lakonische Meldung, dass Gina nicht gefunden wurde.

So, wie es aussah, war *Black Mountain – Black Wizard* gründlich zerlegt, und niemand außer ihm und Gina wusste, warum. Der Hersteller hatte sich auf seiner Website zweimal geäußert, hatte aber nichts Konkretes in der Hand. Im ersten Infotext hieß es, dass die Entwickler den Fehler reproduzieren konnten und bereits daran arbeiteten würden, so schnell wie möglich einen Patch zu liefern. Zur Ursache äußerte der Verfasser sich nur vage, man könnte nur vermuten, dass irgendein fehlerhafter Befehl durch bestimmte Aktionen im Spiel aktiviert worden war und Dateien gelöscht hatte. Das wäre für Bastian selbst dann nicht glaubwürdig gewesen, wenn Gina nicht neben ihm gesessen hätte – wie wahrscheinlich war es denn, dass so viele Spieler zum gleichen Zeitpunkt die gleiche Aktion ausführten, wie konnten, wenn es doch so gewesen wäre, auch Spieler betroffen sein, die zu diesem Zeitpunkt nachweislich gar nicht oder nur offline gespielt hatten, und wie konnte es sein, dass nicht mal mehr der Download, geschweige denn die Installation auf einem ganz sauberen System klappte? Aber was sollten sie sonst schreiben? Auf jeden Fall hatten sie inzwischen eingesehen, dass die erste Ausrede nicht zu halten war, denn in der zweiten, erst eine Stunde alten Stellungnahme hieß es, dass wohl die Server gehackt worden sein müssten. Der Spielehersteller räumte ein, dass sogar in den Back-ups die entsprechenden Dateien verschwunden waren, selbst in den Sicherungskopien, die bewusst auf anderen Servern oder auf externen Festplatten gespeichert waren. Bastian vermutete, dass der Hersteller das lieber für sich behalten hätte, denn wenn jemand derart weitreichende Manipulationen an den Codedateien vornehmen konnte, dann stellte sich natürlich auch die Frage nach der Sicherheit von weit sensibleren Daten wie den Namen und Kontonummern von Spielern, die das Spiel direkt vom Hersteller gekauft hatten. Es hieß zwar, dass an diese Daten niemand drangekommen wäre, aber da die Spezialisten, die die Sache untersuchten, noch keinen Dunst hatten, wie der vermutete digitale Eindringling an den Code gekommen war, konnte man eigentlich gar nichts seriös ausschließen. Verheimlichen ließ sich das Ausmaß des mutmaßlichen Hacker-Angriffs aber auch nicht, weil die Spieler natürlich wissen wollten, wann sie wieder spielen durften, und eine Erklärung haben wollten, warum der Hersteller sagte, dass es ein paar Tage dauern würde.

Bastian war klar, dass die Manager der Firma kochten. So ein Vorfall mit verärgerten Spielern und besorgten Datenschützern konnte den Ruf des Unternehmens nachhaltig schädigen, und eine Stange Geld kostete es auf jeden Fall, in größter Eile eine neue Spielfigur zu programmieren und nach dem Sicherheitsleck zu fahnden.

***

Das Frühstück war dem aus der Spielewelt recht ähnlich: Brot, Butter, Wurst und Käse. Dazu kochte Bastian ein Getränk, das er „Kaffee" nannte und mit Milch mischte. Gina probierte vorsichtig und fand es gar nicht schlecht, aber die kalte Milch ohne diesen Kaffee war ihr doch lieber. Es war irgendwie gemüt-lich, mit Bastian am Tisch zu sitzen, zu essen und zu trinken und dabei über alles Mögliche zu reden. Gina ertappte sich bei dem Gedanken, dass sie sich daran gewöhnen könnte.

Sie wusste aber, dass bis dahin noch ein langer Weg vor ihr lag. Bald war die Schonfrist vorbei, nach dem Frühstück würde Bastian ihr plötzliches Auftauchen den Leuten melden müssen, die in dieser Welt die

Aufgaben von Wachen und Gerichtshelfern in sich vereinten. Dann würde man sie befragen und untersuchen, und Bastian wagte keine Voraussage, wie lange es dauern würde, bis die Beamten die Hoffnung aufgaben, herauszufinden, woher sie kam, und dafür sorgten, dass sie ein möglichst normales Leben führen konnte.

Die Zeit, einmal kurz rauszugehen, musste aber sein, sagte er. Er gab ihr etwas von seinen Sachen zum Anziehen, damit sie nicht auffiel, und dann verließen sie gemeinsam das Haus. Gina spürte ihr Herz klopfen bis hoch in den Hals – ein Haus bedeutete immerhin Schutz vor wilden Tieren und bösen Menschen, ein Schutz, den sie jetzt aufgab. In der Spielewelt war sie zwar auch viel draußen gewesen, doch dort hatte sie die Gefahren gekannt.

***

Viel länger konnte Bastian den Anruf bei der Polizei nicht mehr rauszögern, aber eine kleine Runde um den Block musste einfach noch drin sein. Er spürte, dass Gina unsicher, fast ängstlich war, und wenn man sich in ihre Situation versetzte, dann war das nur zu verständlich. Am meisten machten ihr die Autos zu schaffen, und das war auch zu erwarten gewesen. Die Blechkutschen waren groß und vor allem schnell, weit schneller als die Kutschen und Ochsenkarren, die Gina aus *Black Mountain– Black Wizard* kannte. Als ein schwerer LKW vorbeidonnerte, wurde sie ganz blass und versteckte sich unwillkürlich hinter Bastian, obwohl ihr klar sein musste, dass er den Ansturm auch nicht würde stoppen können, wenn der Vierzig-tonner sie aufs Korn nahm.

Dann war auch die letzte Schonfrist vorbei, nach dem kurzen Spaziergang rief Bastian die Polizei. Er hatte sich zurechtgelegt, was er sagen wollte, und hoffte, dass er dabei nicht verdächtig selbstsicher klang. Wenn ihn jemand fragte, dann wollte er darauf verweisen, dass er als IT-Profi in einer Branche arbeitete, in der es oft darauf ankam, kühlen Kopf zu bewahren, wenn alle um einen herum Panik schoben. Außerdem konnte er betonen, dass ja letzten Endes nichts passiert war, was sich nicht wieder gerade-biegen ließ, Gina hatte ihn weder bestohlen, noch niedergeschlagen.

Für den Polizisten in der Leitstelle war das kein Fall, der ihm alle Tage unterkam, und auch wenn er versuchte, Ruhe und Souveränität auszustrahlen, merkte man, dass er mit der Angelegenheit überfordert war. Er versprach, jemanden zu schicken, und holte sich anschließend sicherlich Rat bei einem Vorgesetzten.

Der behielt immerhin einen kühlen Kopf, setzte nämlich nicht sofort die ganze Maschinerie in Gang und schickte ein ziviles Fahrzeug, um die Nachbar-schaft nicht aufzuscheuchen. Auch daran, dass Gina als Mädchen sich vielleicht eher einer Frau öffnen würde, hatte er gedacht; zumindest war Bastian sich ziemlich sicher, dass es kein Zufall war, dass die zweiköpfige Besatzung des Wagens zur Hälfte weib-lich war.

***

Gina merkte schnell, dass die Frau in der dunkelblauen Uniform versuchte, Vertrauen aufzubauen, aber sie blieb misstrauisch. In der Hinsicht unterschied sich das Leben hier sicherlich nicht vom Spiel, man musste aufpassen, wem man vertrauen konnte und wem nicht.

Das Spiel erwähnte sie nicht, und die Polizisten fragten auch nicht danach. Bastian erzählte zwar, dass er gerade *Black Mountain – Black Wizard* gespielt hatte, als Gina neben ihm auf den Boden geschlagen war, aber das war aus Sicht der Beamten keine Verbindung, die zu verfolgen irgendeinen Sinn hatte. Es erklärte allenfalls, warum er ihr Eindringen nicht früher bemerkt hatte, für sie war es einfach so, dass er derart ins Spiel vertieft gewesen war, dass er um sich rum nichts mehr wahrgenommen hatte.

Mit der Auskunft, dass sie sich an nichts mehr erinnern konnte als an ihren Vornamen, konnten die Beamten sich natürlich nicht zufriedengeben. In *Black Mountain – Black Wizard* wäre sie vielleicht einem Folterknecht vorgestellt worden, das hing auch davon ab, in welchem Reich sie den Wachen des Herrschers in die Hände gefallen wäre. In dem Land, in dem Bastian lebte, durften die Polizisten aber nicht foltern, und wer von ihnen verhört wurde, hatte genau geregelte Rechte.

Die Polizistin versuchte es deshalb mit Fangfragen. „Du heißt also Gina und kommst aus Italien", fasste sie zum Beispiel vordergründig zusammen, was Gina angeblich über sich gesagt haben sollte. Natürlich wollte sie damit provozieren, dass Gina gegen die falsche Behauptung protestierte und dabei verriet, dass sie in Wirklichkeit doch wusste, woher sie kam. Aber Gina war auf der Hut, und sie wusste ganz genau, was sie gesagt hatte, und was nicht.

***

Bastian dachte zwischendurch, dass Gina ein unglaubliches Gedächtnis hatte und unheimlich schnell Zusammenhänge erfasste. Dazu passte auch, wie schnell sie immer begriff, was er ihr erklärte, und dass sie nichts davon wieder vergaß. Da steckte sicherlich immer noch viel von der Denk- und Speicherstruktur drin, die ihr einprogrammiert worden war, und das half ihr, den Fangfragen auszuweichen. Bastian merkte natürlich auch, dass die Beamten versuchten, Gina auszutricksen, aber es gelang ihnen nicht ein einziges Mal. Nach einer Stunde waren die beiden Uniformierten genauso schlau wie vorher, sie hatten ein Mädchen mit Gedächtnisverlust, aus dem sie nur den Vornamen herausbekamen.

Er selbst musste sich einige Vorwürfe anhören, weil er Ginas Auftauchen nicht gleich gemeldet hatte, zumal wenn sie sich den Kopf angeschlagen hatte. Er redete sich so raus, wie er es sich am Vorabend schon überlegt hatte, und da Gina seine Frage, wie es ihr ging, vor dem Frühstück dahingehend beantwortet hatte, dass die Kopfschmerzen so gut wie weg war, konnte man ihm wohl wirklich nicht nachsagen, dass er ihr geschadet hatte, indem er nicht sofort dafür gesorgt hatte, dass sie zu einem Arzt kam.

Weil Gina bestätigte, dass er sich hervorragend um sie gekümmert hatte, durfte er immerhin mitkommen, als die Polizisten sie ins Krankenhaus brachten.

***

Im Krankenhaus – einem riesigen Haus, in dem viele Heiler arbeiteten, die sich auf verschiedene Krankheiten spezialisiert hatten – wurde Gina zunächst wegen ihres Sturzes untersucht. Sie versuchte, ruhig zu bleiben, aber das ganze Prozedere machte ihr Angst, obwohl sie wusste, dass es um ihre Gesundheit ging, und auch immer jemand beruhigend auf sie einredete. Es waren so viele Leute um sie herum, die sie anschauten und anfassten, und die vielen Geräte, die summten und piepten und irgendwas anzeigten, fast wie der Kasten, durch den Bastian in die Spielewelt hatte schauen können. Am schlimmsten war eine Röhre, in die sie geschoben wurde, eine Frau, die selbst wohl keine Heilerin, sondern eine Gehilfin war, erklärte ihr, dass damit ihr Gehirn auf Verletzungen untersucht werden sollte, die man von außen nicht sah. Es war fürchterlich eng und fürchterlich laut, und es schien ewig zu dauern.

Die gute Nachricht war, dass all der Aufwand umsonst war. Alle Befunde waren unauffällig, wie es der Heiler ausdrückte, der wohl der oberste von allen war. Übersetzt hieß das, dass sie keine Verletzung gefunden hatten außer der Beule, die schon langsam zurückging, und kein Anzeichen einer Krankheit.

***

Mit der Feststellung, dass Gina sich in den nächsten Tagen schonen sollte, ansonsten aber gesundheitlich in guter Verfassung war, war der Untersuchungsmarathon längst noch nicht zu Ende. Im Gegenteil, jetzt ging es erst richtig los, denn nun waren jene Spezialisten am Zug, die herausfinden wollten, wer Gina war. Fingerabdrücke wurden genommen, um sie mit den Datenbanken der deutschen Polizei abzugleichen und sie, wenn dort nichts gefunden wurde, an Europol und Interpol weiterzugeben, damit in anderen Ländern geprüft wurde, ob Gina dort bekannt war. Das Gleiche würde mit der DNA-Probe geschehen, die aus ihrem Mund entnommen wurde, und mit den Fotos, die ein Polizeifotograf anfertigte. Ihr Körper wurde abgesucht nach besonderen Kennzeichen wie Muttermalen oder Narben, ein Zahnarzt erfasste ihr Zahnschema. Gina wurde vermessen und gewogen, und nach dem Mittagessen wurde sie einem Mann vorgestellt, der anhand ihrer Sprache feststellen sollte, in welcher Region Deutschlands sie den größten Teil ihres Lebens verbracht hatte. Dass sie Deutsch von klein auf gelernt hatte, stand für alle Beteiligten – bis auf Bastian und Gina, die es besser wussten – fest, die meisten waren überzeugt, dass Deutsch Ginas Muttersprache war.

Der Experte, ein Professor Leven, verstand sicherlich sein Handwerk, aber an Gina verzweifelte er. „Ich habe noch nie einen Menschen erlebt, der so reines Hochdeutsch spricht", musste er zugeben. „Da ist nichts, kein Dialekt, nicht mal eine Klangfärbung, keine Wörter, die hauptsächlich in bestimmten

Regionen verwendet werden, einfach gar nichts."
„Also doch in der Schule gelernt?", wollte der Polizei-
beamte wissen, der den Fall leitete. „Ich kann es nicht
ausschließen", antwortete der Experte vorsichtig.
„Aber dafür ist die Aussprache zu gut, und sie spricht
zu flüssig und zu sicher. Was mir aufgefallen ist..."
„Ja?", bohrte der Polizist nach, als der Professor
zögerte. „Sie scheint mit einer Reihe von Wörtern
nichts anfangen zu können", erklärte der Sprach-
wissenschaftler. „Hauptsächlich technische Begriffe.
Ich weiß noch nicht, wie ich das einordnen soll."
Bastian war froh, dass er bei der Unterredung dabei
sein durfte, denn plötzlich hatte er eine Idee, wie er
die Ermittlungen in eine Richtung lenken konnte, die
Aussichten bot, dass Ginas Existenz bald auf einer
rechtlich sicheren Grundlage stand. „Könnte es sein,
dass Gina gar nicht bei mir einbrechen wollte?", warf
er ein. „Vielleicht war sie auf der Flucht!"
Der Professor und der Polizist schauten ihn nur
verständnislos an. Die Idee hatten sie vielleicht selbst
schon gehabt, aber sie sahen den Zusammenhang
wohl nicht. „Es gibt doch so Gruppen, die total
abgeschottet leben", fuhr Bastian fort. „Die nicht zum
Arzt gehen und die Kinder nicht in die Schule
schicken. Vielleicht kommt sie aus so einer Gruppe
und ist weggelaufen, weil sie das nicht mehr wollte.
Das würde erklären, warum sie manche Sachen nicht
kennt."
Der Polizist ließ sich das kurz durch den Kopf gehen
und nickte dann. „Keine schlechte Idee, Junge", lobte
er. Bastian ärgerte sich über den „Jungen", sagte aber
nichts. „Das würde tatsächlich einiges erklären",

schloss der Polizist. „Wenn du recht hast, dann sinken die Chancen, dass wir jemals rauskriegen, wer sie ist, allerdings ins Bodenlose. Eine Vermisstenmeldung kriegen wir von so einer Gruppe nämlich im Leben nicht, und die Geburt wurde höchstwahrscheinlich nie registriert." „Und was passiert dann mit ihr?", wollte Bastian wissen. Der Beamte zuckte mit den Schultern. Es schien so, als ginge ihm der Fall nahe, aber er wollte sich nichts anmerken lassen. „Wenn wir wirklich nicht rauskriegen, wer sie ist, dann müssen wir eine Pflegefamilie für sie finden. Sie bekommt dann neue Papiere mit einem geschätzten Geburtsdatum und einem Nachnamen, der von Amts wegen festgelegt wird."

***

Am Abend war Gina erschöpft. Den ganzen Tag Befragungen und Untersuchungen, Untersuchungen und Befragungen! Was hatten die Leute nicht alles versucht! Vieles davon hatte sie gar nicht verstanden, obwohl manche sich echt Mühe gegeben hatten, ihr zu erklären, was sie gerade machten. Aber das war wohl nicht die Schuld der Leute, die sie untersucht hatten; im Gegensatz zu Bastian wussten sie nichts über die Welt, aus der sie kam, und hatten deshalb keine Ahnung, wie sie ihr die Vorgänge verständlich machen konnten. Nur Bastian wusste, welche Ansatzpunkte es gab, und erklärte ihr die Sachen so, dass sie sie verstehen konnten, aber dafür war dann in der Hektik oft nicht die nötige Zeit da gewesen.

Das Ergebnis all der Mühen ließ sich in einem Wort zusammenfassen: nichts. Es gab zwar eine Reihe von einzelnen Beobachtungen, aber die ließen sich nicht zu einem schlüssigen Ganzen zusammensetzen. Wenn man so wollte, dann hatte Gina jetzt eine schriftliche Bestätigung, dass sie gesund war, normal ernährt, kräftig und sehr ausdauernd, und dass sie fließend und akzentfrei Deutsch sprach, aber daraus ließ sich absolut nichts ableiten über ihre Herkunft und ihre früheren Lebensumstände.

Neben ihr selbst war auch ihre Kleidung gründlich untersucht worden. Das war an einem anderen Ort geschehen, und Gina wusste nicht, was alles mit den Sachen angestellt worden war, aber die Polizisten erklärten ihr, dass sich auch aus diesen Untersuchungen noch keine Spur ergeben hatte. Sicher war, dass Hose, Hemd und Stiefel nicht der in dieser Welt üblichen Bekleidung entsprachen, die Polizisten überlegten sogar, ob Gina eine Schauspielerin war, die in ihrem Kostüm unterwegs gewesen war. Das verstand Gina auch ohne Erklärung, weil sie ja selbst gesehen hatte, dass Bastian ganz andere Kleidung trug als die Menschen in *Black Mountain – Black Wizard*, und dass alle anderen Menschen in dieser Welt auch völlig anders gekleidet waren als die im Spiel. Bastian hatte ihr am Morgen erklärt, dass die Welt des Spiels ungefähr so gestaltet worden war, wie es in seiner Welt viele hundert Jahre zuvor ausgesehen hatte.

***

Bastian konnte sich kaum vorstellen, wie Gina sich fühlen musste bei diesem Untersuchungsmarathon. Selbst ihn brachte das ganze Hin und Her an seine Grenzen, und er musste nicht mehr tun, als da zu sein und, wenn man ihm Gelegenheit dazu gab, Gina zu erklären, was als Nächstes gemacht werden sollte. Manche Untersuchungen waren sicherlich auch nicht sehr angenehm, und Bastian bewunderte Gina dafür, dass sie sich nicht ein einziges Mal beklagte. Aber er sah natürlich, dass es ihr zusetzte, dass sie müde war und ihre Ruhe haben wollte, und war erleichtert, als es endlich hieß, dass es an diesem Tag keine weiteren Untersuchungen mehr geben sollte.

Allerdings stellte sich damit natürlich auch die Frage, wohin Gina jetzt gehen sollte. Sie im Krankenhaus zu behalten, wäre blöd gewesen, denn sie war ja nicht krank, und nach der Tortur, die sie an diesem Tag erlebt hatte, wollte Gina sicherlich auch so schnell wie möglich da raus.

Zuständig für die Entscheidung, wie es mit Gina weitergehen sollte, war das Jugendamt, denn auch wenn die Untersuchungen sonst nicht viel ergeben hatten, waren die Experten sich doch einig, dass sie mit hoher Wahrscheinlichkeit noch nicht volljährig war. Trotz kleinerer Ungereimtheiten, die es auch hier gegeben hatte, hatten mehrere Spezialisten sich unabhängig voneinander und ohne von den Unter-suchungsergebnissen der anderen zu wissen, darauf festgelegt, dass Gina ungefähr 16 sein musste. Bis zum Beweis des Gegenteils sollte dieses Alter deshalb als gegeben gelten.

Aus diesem Grund geisterte auch schon seit zwei Stunden eine Mitarbeiterin des Jugendamts im Krankenhaus herum. Sie hieß Pohl und machte eigentlich einen netten Eindruck, schien aber auch unschlüssig zu sein, was die beste Lösung für Gina war. Bastian kam diese Unschlüssigkeit nicht ungelegen, denn so fiel sein Vorschlag, er könnte Gina wieder mit zu sich nehmen, auf fruchtbaren Boden. Er bekam wohl mit, dass Frau Pohl sich bei den Polizeibeamten erkundigte, was sie davon hielten, aber die hatten keine Bedenken, vorerst Bastian mit der Fürsorge für Gina zu betrauen. Sie hatten schließlich den ganzen Tag über Gelegenheit gehabt, sich davon zu überzeugen, dass keiner so gut mit ihr umzugehen verstand wie er, und von den Vorbehalten, die sie anfangs von Amts wegen noch gehabt hatten, hatten sie sich zwischenzeitlich verabschiedet. Weder stand Bastian noch unter Verdacht, Gina etwas angetan zu haben, noch wurde es als realistisch betrachtet, dass er gemeinsam mit ihr einen gigantischen Betrug aufzog.

***

Gina war froh, als sie wieder bei Bastian zu Hause waren. Sie war dermaßen ausgelaugt, dass sie sich nicht einmal groß dafür interessiert hatte, wie sie von einem Auto der Polizei nach Hause gebracht worden waren. Dabei war es das erste Mal, das sie in so einer Kutsche gesessen hatte, die sich aus eigener Kraft bewegte. Am Morgen waren sie zu Fuß gegangen, damit Bastian ihr noch etwas von der Stadt hatte zeigen können.

Anders als am Vorabend mochte Bastian sich auch nicht dazu aufraffen, zu kochen. Gina konnte das verstehen, ihr war klar, dass der Tag auch für ihn anstrengend gewesen war. Sie wollte gar nicht wissen, wie es gewesen wäre, wenn er nicht die ganze Zeit bei ihr geblieben wäre, allein, dass er da gewesen war, hatte vieles erträglicher gemacht. Oft war er auch der Einzige gewesen, der in der Lage gewesen war, ihr die Untersuchungen so zu erklären, dass sie es verstehen konnte. Sie konnte sich gut vorstellen, dass manche von den Leuten, die sie im Krankenhaus getroffen hatte, sie für dumm hielten, weil sie so vieles nicht wusste. Aber diese Leute wussten ja wiederum nicht, dass sie nur das Wissen hatte, das ihr einprogrammiert worden war, weil es im Spiel von Bedeutung gewesen war.

Aber so erschöpft sie auch war, sie wäre nur ungern ohne etwas zu essen ins Bett gegangen. Vom Frühstück musste noch Brot übrig sein, erinnerte sie sich, doch als sie danach fragte, winkte Bastian lächelnd ab. „Wir lassen uns was kommen", sagte er. „Worauf hast du Lust?"

Das war eine Frage, die Gina nicht beantworten konnte, weil sie die Möglichkeiten nicht kannte. Immerhin verstand sie, dass Bastian etwas zu essen bringen lassen wollte. Er erklärte ihr, dass viele Gasthäuser das als Service anboten, manche hatten sich sogar darauf spezialisiert und bewirteten gar keine Gäste mehr vor Ort. Die Auswahl war riesig, und viele Gerichte, die da angeboten wurden, kannte

Gina nicht. Bastian half ihr, fragte, ob sie eher was mit Fleisch haben wollte, lieber Gemüse, scharf oder mild... Am Ende gab es etwas, das sich Pizza nannte, und Bastian bestellte verschiedene Varianten, sodass sie tauschen konnten.

***

In den nächsten Tagen pendelte sich das Leben mit der neuen Mitbewohnerin ein. Die Vormundschaft für Gina hatte das Jugendamt übernommen, das von Amts wegen zuständig war, solange nicht ausgeschlossen werden konnte, dass sie minderjährig war. Aber die verantwortliche Beamtin war offensichtlich froh, dass Gina bei Bastian gut untergebracht war, zumal sie zugeben musste, dass er besser auf die speziellen Bedürfnisse eingehen konnte, was das Zurechtfinden in der neuen Umgebung betraf.
Zum Glück konnte Bastian viele Inhalte seines Studiums zu Hause erarbeiten, und die Arbeiten für seine Kunden erledigte er nur zum kleinsten Teil vor Ort. Wenn er es wirklich nicht vermeiden konnte, zur Uni zu fahren oder einen Termin bei einem Kunden wahrzunehmen, dann blieb Gina solange allein, das war kein Problem. Sie war ja kein Kleinkind mehr, und sie war vernünftig genug, keinen Unsinn zu machen. Gerade weil sie im Spiel so viel hatte einstecken müssen, weil die Spieler, die sie gesteuert hatten, einfach irgendwas ausprobiert hatten, war sie entsprechend vorsichtig, wenn sie etwas nicht einschätzen konnte.

Von Schule war bisher noch keine Rede gewesen, obwohl Gina schulpflichtig war, wenn das geschätzte Alter stimmte. Aber so weit war sie auch noch nicht, mit dem Wissen, das ihr einprogrammiert worden war, würde sie in keinem Fach mithalten können. Wenn sie ihr Leben selbst in die Hand nehmen wollte, dann würde ein Schulabschluss natürlich vieles vereinfachen, schon weil sie ohne in die meisten Berufe nicht reinkommen würde, aber übers Knie brechen ließ sich da nichts.

***

Eine Woche nach Ginas ungewöhnlichem Einzug bei ihm hatte Bastian einen Präsentationstermin bei einem seiner Kunden. Ein halbes Jahr hatte er daran gearbeitet, ein vor Jahren von einem Praktikanten notdürftig zusammengedengeltes Programm durch eine saubere, dem aktuellen Stand der Technik entsprechende Lösung zu ersetzen. Die Testphase war erfolgreich abgeschlossen, jetzt galt es, die Anwendung rund zwei Dutzend Leuten zu präsentieren, die zukünftig damit arbeiten sollten. Der Chef der Firma lobte seine Arbeit und stellte ihm direkt einen Nachfolgeauftrag in Aussicht, der ihm wieder für einige Monate Miete und Essen sichern würde.
Das war ein Grund zum Feiern, und deshalb nahm Bastian auf dem Heimweg an seiner Lieblingseisdiele spontan zwei große Eisbecher mit. Gina würde bestimmt nichts dagegen haben, und er freute sich, dass er direkt jemanden hatte, dem er von seinem Erfolg erzählen konnte.

Als er die Wohnung betrat, war kein Laut zu hören, aber das überraschte ihn nicht. Als er gegangen war, hatte Gina auf seinem Tablet in Wikipedia gestöbert und damit auch noch eine Weile weitermachen wollen. Er hatte ihr die Online-Enzyklopädie gezeigt, weil sie dort leicht von einem Thema zum anderen springen und sich in alles einlesen konnte, was sie interessierte. Eigentlich ließ sie sich die Welt lieber von ihm erklären, aber er hatte eben arbeiten müssen, und noch war es nicht so weit, dass Gina in der Zeit auf eigene Faust etwas unternehmen konnte. Doch Gina saß weder im Wohnraum, noch im Schlafzimmer, wo sie es sich ab und zu auf dem Bett gemütlich machte, und auch auf dem Klo war sie nicht. War sie allein rausgegangen? Eigentlich passte das nicht zu ihr, sie wusste, dass sie noch nicht so weit war, sich allein in dieser Welt zurechtzufinden. Oder, der Gedanke kam Bastian ganz plötzlich, war sie etwa irgendwie zurück ins Spiel geraten? Aber wie?

Die Überprüfung kostete ihn keine zwei Minuten – das Spiel ließ sich immer noch nicht starten, und die Fehlermeldungen besagten, dass die wichtigste Spielfigur fehlte. Auch der Download war noch nicht wieder möglich, aber immerhin hatte der Hersteller es geschafft, den Download vorerst zu deaktivieren, statt die Kunden mit Abbrüchen zu ärgern. Eine kurze Notiz informierte darüber, dass wegen eines Hacker-Angriffs aktuell keine lauffähige Version des Spiels bereitgestellt werden konnte.

Im Zuge dieser Nachforschung stieß Bastian jedoch auf eine andere Nachricht, die er erst auf den zweiten

Blick mit Ginas Abwesenheit in Verbindung brachte. Der Hersteller von *Black Mountain – Black Wizard* behauptete, er hätte die Gegend, aus der der Hacker-Angriff gekommen sein müsste, schon ziemlich eng eingegrenzt. Er nannte als Zentrum die Stadt, in der Bastian – und jetzt eben auch Gina – lebte.

Bastian hielt das für einen Zufall. Die Spezialisten stocherten im Nebel, und wenn die Behauptung nicht völlig aus der Luft gegriffen war, dann hatten sie irgendeine bedeutungslose Anfrage lokalisiert, die in Wahrheit mit Ginas Verschwinden aus dem Spiel und sämtlichen Code-Dateien nichts zu tun hatte. Aber das konnte Gina nicht wissen, und wenn sie die Nachricht gelesen hatte, dann musste sie ja glauben, die Häscher wären ihr auf der Spur. Dass sie dann floh, ehe sie eingefangen und wieder ins Spiel gesperrt wurde, lag auf der Hand.

Eine kurze Überprüfung der Wohnung brachte den Beweis: Gina war abgehauen. Ein Rucksack fehlte, die Kleidung, die Gina getragen hatte, als sie aus dem Spiel geflohen war, ein paar Klamotten, die sie zwischenzeitlich mit Bastian eingekauft hatte, um nicht immer auf seine Leihgaben angewiesen zu sein, und diverse Lebensmittel. Auch eine Decke hatte Gina mitgenommen, aber weder Geld, noch die vorläufigen Papiere, die die zuständigen Ämter zwischenzeitlich ausgestellt hatten, damit sie nicht völlig in der Luft hing.

Das hieß, dass sie noch relativ in der Nähe sein musste, denn ohne Geld oder Fahrkarte würde sie in keinen Bus kommen, und die U-Bahn vermied sie vermutlich, weil sie wusste, dass die überwacht wurde. Allerdings war sie gut zu Fuß, in den drei Stunden, die Bastian weg gewesen war, konnte sie locker bis in die Nachbarstädte gekommen sein. Einfach loszulaufen, in der Hoffnung, sie irgendwo aufzustöbern, war also zwecklos. Das mögliche Suchgebiet war zu groß, und es vergrößerte sich natürlich auch mit der Zeit, die verging. Allerdings glaubte Bastian nicht, dass Gina sich immer weiter von ihrem neuen Zuhause entfernen würde; sie würde in dem Bereich bleiben, von dem sie glaubte, einschätzen zu können, was ihr an Gefahren drohte.

Eigentlich hätte Bastian sofort den Notdienst des Jugendamtes anrufen müssen. Auch wenn Gina bei ihm wohnte, hatte doch das Jugendamt das Sorgerecht und musste entscheiden, ob sofort die Polizei gerufen wurde, oder ob man das noch rausschieben konnte. Aber das wäre alles wieder wahnsinnig kompliziert geworden, denn warum Gina geflohen war, lag zwar auf der Hand, aber das konnte er weder dem Jugendamt, noch der Polizei erklären. Bastian beschloss, dass er die Meldung noch zwei oder drei Stunden rausschieben konnte; er würde behaupten, er wäre davon ausgegangen, dass Gina nur spazieren gegangen wäre und sich vielleicht verlaufen hätte. Von dieser Annahme ausgehend, wäre es die völlig richtige Entscheidung gewesen, erst mal die nähere Umgebung abzusuchen, und Plätze, an denen sie schon gewesen war und die ihr gefallen hatten.

Bastian war sicher, dass Gina sich an das hielt, was sie kannte oder zu kennen glaubte. Am ehesten würde sie sich wohl ein Versteck im Wald suchen, und das schränkte die Möglichkeiten ein, denn so viele Gelegenheiten, den Grüngürtel der Stadt kennenzulernen, hatte sie noch nicht gehabt. Einmal waren sie an der Ruhr gewesen, da hatte sie natürlich gesehen, dass es am Fluss bewaldete Hänge gab – zwei, drei Stellen fielen Bastian ein, die aus ihrer Sicht wohl infrage kamen.

Je nachdem, wann sie über die Nachricht gestolpert war, dass der Spielehersteller den Hacker in der Stadt vermutete, und sich zur Flucht entschlossen hatte, konnte Gina einen beträchtlichen Vorsprung haben. Um Boden gutzumachen, brauchte Bastian also am besten einen fahrbaren Untersatz. Er besaß kein Auto, weil es teuer war und er so gut wie nie eins brauchte, aber er hatte sich beim Carsharing angemeldet. Rasch rief er die App auf und schaute nach verfügbaren Fahrzeugen. Hoffentlich war nicht gerade jetzt jedermann und sein Nachbar unterwegs! Nein, er hatte Glück, viele Autos standen zwar nicht zur Verfügung, aber er erwischte einen Smart, der an einer nicht weit entfernten Station abgestellt worden war. Er reservierte sofort, und zwei Minuten später war er auf dem Weg. Seine Ausrüstung bestand aus etwas Proviant, einer Powerbank fürs Handy und, für den Fall, dass die Suche sich bis in die Dunkelheit zog, einer Taschenlampe.

***

An der Ruhr war eine Menge los, nicht so viel wie an einem heißen Sommer-Wochenende, aber doch so, dass die Lokale und Eiswagen ein gutes Geschäft machten. Die Leute hatten Feierabend und suchten Entspannung. Spaziergänger, Radfahrer und Inlineskater mussten aufeinander Rücksicht nehmen, und auf dem Spielplatz, an dem Bastian vorbeikam, stritten zwei Mütter, wessen Kind zuerst schaukeln durfte. Die Menschenmenge wäre ein sicheres Versteck für Gina gewesen, hier wäre sie niemandem aufgefallen, solange sie sich normal bewegte. Aber so viel Betrieb herrschte natürlich nicht Tag und Nacht, und davon ab war Gina auch etwas anderes einprogrammiert worden. Sie würde sich einen Platz suchen, der möglichst einsam lag, weit weg von den Wegen und zugewachsen.

Bastian versuchte, die Lage aus ihrer Sicht zu betrachten, und zu schauen, wo er sich am ehesten verstecken würde. Viel konnte er das Suchgebiet damit leider nicht eingrenzen, denn irgendwie sah der Wald überall gleich aus, war also als Versteck auch gleich gut oder gleich schlecht geeignet.

Sinnvoll wäre es gewesen, den Bereich, in dem Gina hoffentlich irgendwo war, systematisch, also am besten in einem Raster abzusuchen, doch dem standen zwei gewichtige Hindernisse entgegen. Einerseits durfte Bastian nicht auffallen, es durfte also nicht so aussehen, als ob er etwas oder jemanden suchte. Andererseits ließ das Gelände auch nicht an allen Stellen zu, dass er so einfach einem gedachten Raster folgte, es gab Hänge, die zu steil waren, um sie zu begehen, Felsbrocken, denen er ausweichen musste, und undurchdringliche Gebüsche.

Bastian ging ein Stück am Ufer entlang und bog dann in einen schmalen Waldweg ein. Der wurde wenig begangen, weil er mehr oder weniger ins Nirgendwo führte; es gab keinen Aussichtspunkt, kein Lokal, keinen Spielplatz, nichts, was Ausflügler locken konnte. Wer dem Weg lange genug folgte, der landete irgendwann wieder in der Stadt, aber die Leute, die in den betreffenden Stadtteilen wohnten, kannten bessere und kürzere Wege zur Ruhr. So sah der Pfad auch aus, von beiden Seiten ragten Zweige in den Weg, und auf dem Boden wuchs struppiges Gras. Im Schatten der Bäume, wo Büsche und Kraut nicht mehr so viel Licht bekamen, wurde es besser, aber das sah man vom Uferweg aus nicht. Aus Ginas Sicht musste das der ideale Einstieg sein, um erst mal zügig wegzukommen von den ganzen Leuten, und dass sie den Pfad kannte, da war Bastian sicher. Er war vor ein paar Tagen erst mit ihr an der Ruhr gewesen, und Gina hatte sowohl das Auge, solche Feinheiten zu entdecken, als auch ein phänomenales Gedächtnis.

***

Gina pendelte zwischen Angst, Verzweiflung und Zorn. Sie hatte sich durch dieses Internet-Lexikon gestöbert, das Bastian ihr gezeigt hatte, und natürlich hatte sie nicht widerstehen können, nachzuschauen, ob es auch einen Artikel zu *Black Mountain – Black Wizard* gab. Es gab ihn, und offenbar wurde er immer aktuell gehalten, denn es war nicht nur schon ein Abschnitt zu ihrem Verschwinden geschrieben worden, selbst die erst wenige Stunden alte Mitteilung des Spieleherstellers, wo der Verantwortliche für ihr Verschwinden zu suchen war, war schon vermerkt. Vielleicht hatte sie das gerettet – sie hatte zwar niemanden gesehen, der so aussah, als wäre er hinter ihr her, aber wer weiß, wie lange die Häscher noch gebraucht hätten, um ganz genau herauszufinden, wer ihr einen Weg aus dem Spiel geöffnet hatte. Vielleicht wussten sie es auch längst und hatten nur nicht alles gesagt, was sie wussten, um sie leichter fangen zu können. Der Gedanke, dass sie vielleicht nur haarscharf entkommen war, ließ ihr den Schweiß auf die Stirn treten.

Wie es weitergehen sollte, wusste sie nicht. Sie war freier in dieser Welt, aber das Leben war auch viel, viel komplizierter. Allein schon, wie sie an etwas zu essen kommen sollte – sie hatte Vorräte eingepackt, die würden ein paar Tage reichen, wenn sie sie gut einteilte, aber dann? Im Spiel wäre die Sache klar gewesen, sie hätte sich etwas gejagt, aber das ging hier nicht. Sie hatte nicht, was sie benötigte, um einen Bogen zu bauen, vor allen Dingen keine Sehne, und Bastian hatte ihr ja erklärt, dass man in dieser Welt nicht einfach ein Tier erlegen durfte. Es würde auffallen, und dann würden sie nicht nur die Leute jagen, die das Spiel gemacht hatten, sondern auch die Polizei.

Aber irgendwie würde sie sich schon durchschlagen, auch wenn sie noch keinen Plan hatte. Um nichts in der Welt würde sie sich wieder in das Spiel sperren lassen, in dem andere ihr jeden Schritt vorgaben.

***

Bastian war verschwitzt und zerkratzt. Bestimmt zwei Stunden kraxelte er jetzt schon auf dem Waldhang herum, und bis jetzt hatte er noch keine Spur von Gina entdeckt. Aber irgendwie hatte er das sichere Gefühl, dass sie irgendwo in der Nähe war, es lag einfach zu nah, um nicht zu stimmen. Hoffentlich führte sie ihn nicht an der Nase herum, indem sie ihn beobachtete und ihm auswich! Er war zwar bestimmt nicht der Grund für ihre Flucht, und er glaubte auch, dass sie ihm vertraute, aber vielleicht fürchtete sie, dass er von anderen gezwungen wurde, sie zurückzuholen, oder dass er wiederum beschattet wurde.

So oder so, er konnte die Meldung ans Jugendamt nicht mehr ewig rauszögern, eine Stunde noch, dann würde er anrufen müssen. Vielleicht würde es dann ganz schnell gehen, denn da Gina mit fast absoluter Sicherheit zu Fuß unterwegs war, würde ein Mantrailer sie garantiert fix aufspüren können. Aber wenn Gina sich irgendwo im Wald verirrte, würden die vom Jugendamt dann nicht glauben, er hätte nicht genug auf sie aufgepasst? Wenn sie an seiner Zuverlässigkeit zweifelten und Gina deshalb in eine Pflegefamilie steckten, die nichts von ihrem Geheimnis ahnte, dann würde das für Gina alles nur noch mal viel schwerer machen, und er musste sich eingestehen, dass es ihm auch wehtun würde, wenn sie wieder aus seinem Leben verschwand.

***

Gina hatte eine Weile nach einem geeigneten Lagerplatz gesucht und schließlich eine Stelle gefunden, an der sie es notfalls ein paar Tage aushalten konnte. Büsche mit stacheligen Blättern bekamen hier genug Licht zum Wachsen und schirmten Gina gegen Blicke ab, und ein überstehender Fels würde sie vor Regen schützen. Zwischen Büschen und Felswand war nicht viel Platz, es reichte gerade, dass Gina sich zum Schlafen würde hinlegen können, aber mehr Platz brauchte sie ja auch nicht. Sie hatte bloß den Rucksack als Gepäck und nichts zu tun, wofür sie mehr Platz benötigt hätte.

Weil sie keine Uhr hatte, konnte sie nicht genau sagen, wie lange sie jetzt schon in ihrem Versteck hockte. Es musste aber schon eine ganze Weile sein, denn es dämmerte bereits. Auf jeden Fall reichte es, dass sie sich langweilte und sich ärgerte, dass sie nichts zu lesen eingepackt hatte.

Die Warterei wurde unterbrochen von einem Flüstern, das gerade noch ihre Ohren erreichte. Es kam aus der Richtung, wo der nächste Weg lag, und noch war nichts zu verstehen. Das würde sich aber ändern, denn die Begleitgeräusche verrieten, dass der Sprecher sich näherte. Noch war er nicht direkt vor den Büschen, die Ginas Versteck abschirmten, aber es hörte sich ganz so an, als käme er direkt darauf dazu. Zufall? Oder war sie entdeckt worden? So oder so, es wäre unklug gewesen, es darauf ankommen zu lassen, also raffte Gina ihre wenigen Habseligkeiten zusammen und schlug sich in die Büsche. Das war nicht sehr angenehm, und sie zerkratzte sich ordentlich an den Stacheln, aber sie schaffte es, sich ins Gebüsch zu zwängen, ohne Spuren zu hinterlassen oder verräterischen Lärm zu verursachen. Mit pochendem Herzen wartete sie ab, was passieren würde.

***

Bastian schnupperte. Verflixt, das roch nach Feuer! Kam das von einem der – teils wilden – Grillplätze an der Ruhr? Denkbar, aber irgendwie roch es nicht nur noch Holzkohle.

Einen Moment lang wusste er nicht, was er davon halten sollte, dann durchfuhr ihn der Schreck: Hatte Gina ein Feuer gemacht, um sich zu wärmen, wilde Tiere abzuschrecken, von denen sie nicht wissen konnte, dass es in diesem Waldstück keine gab, oder etwas zu essen fertigzumachen? Hatte sie damit unabsichtlich einen Waldbrand ausgelöst?

Noch während er überlegte, was er machen sollte, knallte ihm etwas voll in die Seite und warf ihn zu Boden. Aus den Augenwinkeln hatte er noch eine Bewegung neben sich gesehen, aber zu spät, um noch zu erfassen, was da auf ihn zukam, geschweige denn zu reagieren und auszuweichen.

***

Gina wusste, dass Feuer sehr gefährlich sein konnte, auch wenn es wärmte und man sein Essen darüber garte. In *Black Mountain – Black Wizard* gab es Aufgaben, in denen es genau darum ging: einen Brand daran zu hindern, sich weiter auszubreiten und ihn am Ende zu löschen. Von Bastian wusste sie, dass es in dieser Welt sogar noch gefährlicher war, weil allein der Rauch schon jemanden töten konnte. Je nachdem, was verbrannte, reichten dafür ein oder zwei Atemzüge.

Aber es war nicht ihre Schuld, dass der Wald brannte – zwei Jungen hatten das Feuer gelegt, und das wohl auch nicht mit Absicht. Die beiden waren sicherlich ein gutes Stück jünger als sie selbst, vielleicht 12 oder 13 Jahre alt, und ihr ganzes Verhalten hatte danach ausgesehen, dass sie etwas Verbotenes taten. Sie hatten geraucht, etwas, das Gina auch aus der Spielewelt kannte, da aber nur mit klobigen Pfeifen, nicht mit Tabak, der einfach nur mithilfe eines kleinen Blättchens Papier zu einem dünnen Stäbchen gerollt wurde, das an einem Ende angezündet und mit dem anderen in den Mund gesteckt wurde. Gina hatte schon andere Menschen auf der Straße gesehen, die rauchten, aber die hatten es ganz offen getan. Bastian hatte ihr dann erklärt, dass Kinder in dieser Welt – zumindest in diesem Land – nicht rauchen durften, und das erklärte, warum die beiden Jungen sich ein Versteck gesucht hatten, um sich ihr Stäbchen anzuzünden. Es schien das erste Mal gewesen zu sein, dass sie es versuchten, sie hatten das Stäbchen einfach nicht zum Brennen gebracht.

Dafür war Glut auf den Boden gefallen, und das trockene Laub hatte sofort gebrannt. Die beiden Jungen war zu Tode erschrocken, hatten alles stehen und liegen lassen und waren weggerannt. Wohin, das wusste Gina nicht genau, aber sie hoffte, dass sie sich in Sicherheit hatten bringen können.

Sie hatte noch versucht, das Feuer auszutreten, aber es war schon zu groß gewesen und hatte immer weiter um sich gegriffen. Gina hatte fliehen müssen, und weil ihr klar war, dass sie so schnell wie möglich aus dem Wald rausmusste, rannte sie Richtung Weg. Als sie ihn fast erreicht hatte, schaute sie im Laufen zurück – hatte sie noch genug Vorsprung, oder holten die Flammen sie ein? Für einen kurzen Augenblick sah sie nicht, wohin sie lief, und das war ein Augenblick zu viel. Sie prallte gegen ein Hindernis, und sie wusste, wenn sie jetzt bewusstlos liegen blieb, dann würde das ihr Ende sein.

***

Es dauerte einen Moment, bis Bastian begriff, wer ihn umgerannt hatte. Die Erleichterung, dass er Gina gefunden hatte, hielt jedoch nicht lange an. „Es brennt!", keuchte Gina, während sie sich aufrappelte, und im nächsten Augenblick rannte sie weiter. Bastian begriff, dass gerade nicht der richtige Moment war, um Fragen zu stellen, außerdem brauchte er seinen Atem, um das Tempo mitzugehen, das Gina vorlegte. Sie war von ihren Entwicklern als ausdauernde Läuferin angelegt worden, und die Angst mobilisierte all ihre Kräfte. Er war auch nicht unsportlich, ging regelmäßig joggen und schwimmen, aber Gina war ihm an Geschwindigkeit und Ausdauer ebenbürtig.
Nach wenigen Minuten erreichten sie den Waldrand unten im Tal, und erst im Nachhinein wurde Bastian klar, wie viel Glück sie gehabt hatten, dass sie bei dem mörderischen Tempo auf dem steilen und unebenen Weg nicht gestürzt waren und sich schwer

verletzt hatten. Außer Atem blieben sie stehen, und Bastian brauchte keine Erklärung mehr. Über den Bäumen stieg eine Rauchsäule auf, noch war sie vergleichsweise dünn, aber der Brand würde sich rasch ausbreiten. Das Feuer war auch schon bemerkt worden, das sah man am Verhalten der Spaziergänger und Jogger: Die einen sahen zu, dass sie Land gewannen, die anderen blieben stehen und beobachteten das Schauspiel.

Eine ältere Dame sah Bastian und Gina und kam zu ihnen herüber. Wie sich herausstellte, war sie Arzthelferin von Beruf und hatte mehrere Jahre in einer Notfallpraxis gearbeitet. Sie war also darin geschult, in chaotischen Situationen die Übersicht zu bewahren, und versuchte gerade, einen Überblick zu bekommen, ob noch Leute im Wald waren. Gina berichtete, was sie beobachtet hatte, und Bastian war bei aller Tragik erleichtert, zu hören, dass nicht sie den Waldbrand verursacht hatte. Das würde einige Komplikationen vermeiden und Gina Schuldgefühle ersparen; dass sie den Brand nicht hatte löschen können, brauchte sie sich nicht anzukreiden.

***

Die Feuerwehr brauchte Bastian nicht mehr zu rufen, das hatten längst so viele andere getan, dass die Leitstelle zwischenzeitlich vielleicht sogar Probleme gehabt hatte, die vielen Anrufe, die gleichzeitig aufliefen, alle entgegenzunehmen. Wegen der langen Anfahrt dauerte es noch einige Minuten, bis die ersten Einheiten eintrafen, doch dann wurde der

Brand entschlossen von zwei Seiten angegangen. Zum Glück war es so gut wie windstill, das vereinfachte die Arbeit der Feuerwehr und hielt damit am Ende auch den Schaden am Wald in Grenzen. Die größte Befürchtung war, dass es Menschen gab, die es im Gegensatz zu Bastian und Gina nicht mehr rechtzeitig aus dem brennenden Wald geschafft hatten und erstickt oder verbrannt waren. Die Feuerwehrleute hatten niemanden gesehen, aber endgültige Gewissheit würde es wohl erst in ein paar Tagen geben.

Die Polizei untersuchte den Vorfall, und natürlich war Gina, die als Einzige die Urheber des Brandes gesehen hatte, die wichtigste Zeugin. Allerdings hatte Bastian den Eindruck, dass die Polizisten, die Gina vernahmen, nicht völlig überzeugt waren von ihrer Aussage. Sie ließen natürlich Ginas Namen durch den Computer laufen und stießen dabei auf die immer noch laufende Untersuchung zu ihrer Herkunft. Sah man davon ab, dass Ginas Anwesenheit im Wald in gewisser Weise in ihrer Herkunft begründet lag, hatten die beiden Fälle nichts miteinander zu tun, aber Bastian konnte die Gedankengänge der Polizisten nachvollziehen. Wenn Gina an einer Amnesie litt, musste man dann nicht mit Aussetzern rechnen, die je nach Situation übel ausgehen konnten? Dazu kam, dass Gina überaus verunsichert war, stärker und anders, als man mit dem Schock des Erlebten hätte begründen können. Bastian wusste, warum, Ginas Flucht war gescheitert, und natürlich befürchtete sie, dass die Leute von der Spielefirma sie jetzt nur noch auf dem Revier einzusammeln brauchten. Das aber konnten die Beamten nicht wissen, und so machte Ginas Verhalten sie misstrauisch.

***

Zum Glück wurden die beiden Jungen noch im Lauf des Abends ermittelt und gaben zu, dass sie im Wald gezündelt hatten. Von sich aus hätten sie sich vermutlich nicht gemeldet, aber der Schreck hatte ihnen dermaßen in den Knochen gesessen, dass es zu Hause aufgefallen war. Die Eltern hatten nachgefragt, mit Nachdruck, und schließlich die ganze Geschichte erfahren. Danach waren sie von sich aus zur Polizei gegangen, und damit war Gina entlastet. Ohne das Geständnis hätte Gina auch nicht viel passieren können, weil es keinen einzigen Beweis, nicht mal ein belastbares Indiz gab, dass sie den Waldbrand ausgelöst haben könnte. Ein Verdacht wäre aber vielleicht trotzdem an ihr hängengeblieben, und Bastian war sich nicht sicher, wie gut sie das verkraftet hätte.

***

Natürlich erfuhr auch das Jugendamt von dem Waldbrand und welche Rolle Gina dabei gespielt hatte. Bastian bekam deswegen am Abend, als er und Gina endlich wieder zu Hause waren, einen Anruf von Frau Pohl, die ankündigte, zu Beginn der neuen Woche – es war Freitag – vorbeizukommen. Sie sprach von einem Routinebesuch, der ohnehin fällig gewesen wäre, aber Bastian war sicher, dass das nur ein Teil der Wahrheit war. Der Waldbrand hatte Frau Pohl aufgeschreckt, und sie wollte sich vergewissern, dass Gina bei ihm wirklich gut aufgehoben war. Wahrscheinlich beobachtete sie Gina besonders aufmerksam, einfach aufgrund der Situation, die sie so sicherlich noch nie erlebt hatte. Einerseits waren da eben Ginas Gedächtnisverlust und die damit verbundenen Schwierigkeiten, sich zurechtzufinden, und andererseits war auch die Konstellation der Unterbringung ungewöhnlich. Bastian war nur gut zwei Jahre älter als Gina, wenn die Schätzungen zu deren Alter zutrafen, und allgemein sehr jung, um ein Pflegekind bei sich aufzunehmen.

Aber das alles war im Moment nicht Bastians vordringlichstes Problem. Gina war zwar wohlbehalten zurück und stand auch nicht mehr im Verdacht, den Wald angezündet zu haben, aber der Grund für ihre Flucht bestand ja weiterhin: die Angst, vom Hersteller von *Black Mountain – Black Wizard* gefunden und wieder in ein Gefängnis aus Bits und Bytes gesteckt zu werden.

Er erklärte Gina noch einmal, dass die Art und Weise, wie sie aus dem Spiel entkommen war, nach allen Erkenntnissen der Wissenschaft vollkommen unmöglich war. Also konnte auch überhaupt niemand auch nur auf die Idee kommen, sie wieder ins Spiel zurückzuversetzen, und selbst wenn jemand solche abstrusen Ideen gehabt hätte, wäre es doch undurchführbar gewesen. Es gab keinen Grund, Angst zu haben, aber Bastian verstand auch, dass es für Gina schwer war, sie abzustreifen.

***

Übers Wochenende entspannte sich die Lage. Weil sie Bastian vertraute, konnte Gina ihre Angst nach und nach ablegen, und er fand mit etwas Recherche auch ermutigende Nachrichten im Netz. So kündigte der Spielehersteller für die kommende Woche einen Patch an, der das Spiel wieder lauffähig machen sollte. Dafür war eine komplett neue Hauptfigur entwickelt worden, die sogar bewusst völlig anders als Gina angelegt war, auch wenn der Spielverlauf gleich bleiben sollte. Damit war Gina für die Firma nicht mehr interessant, es ging nur noch um den Hacker an sich, und auch in der Hinsicht gab es Entwarnung. Zwar hatte sich der Verdacht bestätigt, dass es einen Einbruchsversuch von einer IP-Adresse in der Gegend aus gegeben hatte, aber man wusste inzwischen auch, dass diese IP nur eine Zwischenstation war. Die Urheber des Hacker-Angriffs saßen vermutlich in einer ganz anderen Ecke der Welt und hatten eine ganze Reihe von Servern in verschiedenen Ländern als Zwischenstation benutzt. Die Spezialisten wollten versuchen, die Kette zurückzuverfolgen, aber Bastian wäre jede Wette eingegangen, dass es ihnen nicht gelingen würde. Wenn die Hacker nicht völlig dumm waren, dann hatten sie hauptsächlich Server in Ländern genutzt, in denen die Nachverfolgung schwierig oder unmöglich war. Für Gina war das gut, objektiv bestand für sie zwar ohnehin keine Gefahr, aber die Entwicklung gab ihr auch subjektiv das Gefühl, dass sie aus dem Fokus geraten war.

***

Erwartungsgemäß musste die Polizei bald eingestehen, dass sie mit ihren Möglichkeiten, Ginas Herkunft zu ermitteln, am Ende war. Am Anfang wusste Gina nicht genau, was der Brief bedeuten sollte, aber Bastian erklärte es ihr: Die Zeit, in der keiner wusste, wie man sie behandeln sollte, weil sie offiziell nicht existent war, war vorbei!

Offenbar hatte die Polizei sich Bastians Theorie zu Ginas Herkunft angeeignet, weil es keine bessere gab. Die Anfragen an alle in- und ausländischen Behörden würden bestehen bleiben, aber die minimalen Aussichten, dass da noch eine Antwort kam, rechtfertigten es nicht, Gina weiter in der Luft hängenzulassen.

Gina freute sich, aber gleichzeitig hatte sie auch Angst. Würde der anstehende Übergang, Frau Pohl nannte es „dauerhafte Lösung", bedeuten, dass sie nicht mehr bei Bastian wohnen durfte, dass sie sich vielleicht nicht mal mehr sehen durften?

Als sie sich mit Bastian im Rathaus einfand, um alles zu klären, klopfte ihr Herz, als wollte es den Brustkorb sprengen. Frau Pohl lächelte zwar und versuchte, Ruhe auszustrahlen, aber Gina konnte ihre Befürchtungen nicht beiseiteschieben.

„Darf ich bei Bastian bleiben?", platzte sie gleich nach der Begrüßung heraus. Sie ahnte, dass das möglicherweise unklug war, aber sie konnte sich einfach nicht länger beherrschen.

Frau Pohl nahm es zum Glück hin und lächelte sogar.

„Unter normalen Umständen dürften wir das nicht

machen", sagte sie. „Allein schon, weil er kaum älter ist als du." Gina sank der Mut. War das die Einleitung für die schlechte Nachricht, dass sie zu anderen Leuten musste?

„Aber besondere Umstände erfordern besondere Maßnahmen", fuhr Frau Pohl fort. „Und für uns ist das Wichtigste, dass wir die beste Lösung für die Kinder und Jugendlichen finden. Ich bin nach wie vor davon überzeugt, dass Herr Lück sich sehr gut um dich kümmert, und dass du dich mit seiner Hilfe im Leben zurechtfinden wirst, selbst wenn dein Gedächtnis nicht zurückkommt."

„Ist das endgültig?", erkundigte sich Bastian, während Gina noch überlegte, was sie von der vorsichtigen Aussage halten sollte. Frau Pohl nickte. „Das ist alles geklärt, das entsprechende Schreiben habe ich hier liegen", bestätigte sie.

Weiter kam sie nicht, denn jetzt wurde Gina von Erleichterung und Freude überwältigt. Spontan schloss sie Bastian in die Arme und zog ihn an sich. Auch Bastian freute sich, er hatte Gina echt ins Herz geschlossen. Vor allem verband er mit Ginas Gefühlsausbruch aber etwas, das vielleicht die wichtigste Erkenntnis der letzten Wochen war: Er war menschlich.

René Bote

Die falsche Helena

Mit seiner neuen Klassenkameradin versteht Lennart sich auf Anhieb. Aber irgendwas ist merkwürdig an Helena: Warum spricht sie mit Berliner Dialekt, wenn sie von der Nordsee stammt? Und warum reagiert sie auf bestimmte Themen ausnehmend gereizt?

Als sie Lennart anvertraut, wer sie wirklich ist, beginnt für beide ein Abenteuer, das sie Kopf und Kragen kosten kann.

Neuer Job für den Vater – neue Stadt: Mülheim, weit weg von der alten Heimat im Ruhrgebiet. Leonie, 14, fängt komplett neu an, zwangsläufig. Keine Ahnung von nichts, völliges Neuland. Vielleicht gibt es Hilfe beim Jugend-Potpourri, dem Forum für Kinder und Jugendliche? Als LonelyLeo meldet sie sich an und versucht, Kontakte zu knüpfen. Aber halten die Wasserhexe und Ritzel im wahren Leben, was sie im Forum versprechen?

Eine Geschichte, erzählt in 156 Foren-Beiträgen.